LA FUERZA DE SHECCID

CARLOS CUAUHTÉMOC SÁNCHEZ

LA FUERZA DE SHECCID

Una novela de amor, juventud y ética

DIAMANTE

Best Sellers **de valores**
para mentes jóvenes

ISBN 978-607-7627-06-7

Derechos reservados: D.R. © Carlos Cuauhtémoc Sánchez. México, 2009.

D.R. © Ediciones Selectas Diamante, S.A. de C.V. México, 2009.

Mariano Escobedo No. 62, Col. Centro, Tlalnepantla Estado de México,

C.P. 54000. Miembro núm. 2778 de la Cámara Nacional

de la Industria Editorial Mexicana.

Tels. y fax: (0155) 55-65-61-20 y 55-65-03-33

Lada sin costo: 01-800-888-9300 EU a México: (011-5255) 55-65-61-20

y 55-65-03-33 Resto del mundo: (0052-55) 55-65-61-20 y 55-65-03-33

informes@editorialdiamante.com ventas@editorialdiamante.com

Diseño de portada y formación: L.D.G. Leticia Domínguez C.

www.editorialdiamante.com
www.carloscuauhtemoc.com

IMPRESO EN MÉXICO / PRINTED IN MEXICO

ÍNDICE

1
¿El trabajo? ¿Cuál trabajo?

Voy caminando sobre el pavimento mojado cuando un automóvil rojo se detiene junto a mí.

—¡Hey, amigo! —el conductor abre la ventana—. ¿Sabes dónde se encuentra la Escuela Tecnológica?

—Claro —contesto—, de allá vengo. Regresa por esa calle y después...

—No, no —me interrumpe—. Necesito que me lleves personalmente. Como un favor especial.

Titubeo un poco, aunque sé lo que debo contestar.

—Discúlpeme, pero lo más que puedo hacer es indicarle dónde está.

La ventanilla de atrás se abre y aparece el rostro de un compañero de mi salón.

—¡Ratón de biblioteca! No tengas miedo, sube al coche... El señor es profesor de biología y vende algunos productos para jóvenes. Quiere que lo llevemos a la escuela. Anímate. Acompáñame.

—¿Qué productos?

—Sube, no seas cobarde. Ya te explicará...

—Pe... pero tengo algo de prisa. ¿De qué se trata exactamente?

—Es largo de contar —interviene el hombre—; te interesará. Además, al terminar la demostración te daré algo de dinero.

Por la promesa económica, pero sobre todo por la evidente decencia del profesor de biología, la belleza del automóvil y la mirada confiada de mi compañero de escuela, accedo a subir.

Es impensable que un hombre tan pulcramente vestido y de tan fina expresión pueda tener malas intenciones. Cuando me percato de mi error de apreciación ya es demasiado tarde.

Un viento helado silba en la ranura de la ventanilla haciendo revolotear mi ropa. Acciono la manija de la ventana pero ésta no se mueve. Está bloqueada.

—¿Cómo vas en la escuela?

—Pues bien... muy bien.

—No me digas que te gusta estudiar.

Lo miro a la cara. Conduce demasiado rápido, como si conociese perfectamente la colonia.

—Sí me gusta; ¿por qué lo pregunta?

—Eres hombre... supongo. Aunque te guste estudiar, piensa. Quizá no te gusta tanto y el trabajo que te voy a proponer es mucho más satisfactorio. Algo que le agradaría a cualquier hombre.

—¿El trabajo? ¿Cuál trabajo? ¿No es usted profesor? ¿No vende productos ? Mire... la escuela es por allí.

—Ah, sí, sí, lo había olvidado, pero no te preocupes, conozco el camino.

Percibo un sudor frío. "¡Estúpido!", me repito una y otra vez. He sido engañado fácilmente. Me doy la vuelta en el asiento para ver a Mario, pero éste parece encontrarse en otro mundo. Hojea lentamente unas revistas con la boca abierta.

—No te asustes, quiero ser tu amigo —el hombre sonríe y me mira rápidamente; de lejos, el saco y la corbata le ayudan a aparentar seriedad, pero de cerca, hay algo anormal y desagradable en su persona; es ligeramente bizco, tiene el cabello largo y grasoso—. Confía en mí, no te haré hacer nada que te desagrade.

—Regréseme a donde me recogió.

—Claro. Si no eres lo suficientemente maduro para el trabajo te regresaré, pero no creo que haya ningún problema; supongo que te gustan las mujeres, ¿o no?

El hombre acelera; parece no importarle conducir como loco en plena zona habitacional; Estoy paralizado. Si sufrimos un accidente tal vez pueda huir, pero si no... ¿Adónde vamos con tanta prisa?

—¿Alguna vez has visto desnuda a una muchacha? No creo, ¿verdad? Y nunca has acariciado un cuerpo, ni lo has besado, ni lo has... —el hombre suelta una carcajada, hace un gesto obsceno y agrega—: Mario, pásame una revista para que la vea tu amigo.

Mi compañero escolar obedece de inmediato.

—Deléitate un poco con ella. Es una ocupación muy, muy agradable... —La portada lo dice todo—. Vamos. Hojéala. No te va a pasar nada por mirarla.

Abro la publicación con mano temblorosa. He visto en otras ocasiones algunos desnudos, incluso revistas para "adultos" que mis compañeros escondían como grandes tesoros, pero jamás algo como esto... El sentimiento del hombre, degradado hasta el extremo, extiende sus límites en mis manos. Me siento confundido. Toco las fotografías con las yemas de los dedos; son auténticas; estas personas realmente fueron captadas por la cámara haciendo eso... Lo que estoy mirando va más allá de la exhibición de desnudos. Llega a la más grotesca perversidad.

—¿Ya se te puso duro? —pregunta el sujeto.

Separa la mano derecha del volante y la lleva hasta mi entrepierna. Estoy paralizado, sin alcanzar a comprender lo que intenta hacer. Con un ágil movimiento introduce su mano en el pantalón y palpa mis genitales como queriendo corroborar la madurez de su presa. La inspección es rápida y siento una gran repulsión. Retira la mano para sentenciar:

—Necesito fotografías de chicos y chicas de tu edad. El acto sexual, como ves, puede hacerse con una o con varias parejas simultáneamente. Es muy divertido. También realizamos filmaciones. ¿Nunca has pensado en ser actor?

El auto desciende por una hermosa unidad habitacional, rodeada de parques y juegos infantiles. Tardo unos segundos en reconocer el lugar.

—¿Qué te parece esa muchacha?

Miro al frente e identifico a una joven vestida con el uniforme de la escuela. No tengo tiempo de hablar, el auto llega hasta ella y se detiene. Una cara conocida se vuelve con alegría. Se trata, ni más ni menos, de la chica pecosa que hace un par de meses presentó públicamente a la nueva compañera en la ceremonia cívica.

¡Dios mío!, me digo agachando la cabeza. Esto no puede estar pasando. Durante dos meses he vigilado casi a diario a la joven de recién ingreso profundamente conmovido por su estilo y he aquí que, antes de que ella sepa de mi existencia, me encuentro con su mejor amiga en las peores circunstancias.

—Qué tal, linda —dice el tipo llevando ahora la mano derecha a su propia entrepierna para acariciarse por encima del pantalón mientras habla—. Necesitamos tu ayuda; nos perdimos; no conocemos estos rumbos y queremos encontrar una escuela de jóvenes.

—Pues mire, hay una muy cerca.

—No, no. Queremos que nos lleves. Vendemos ciertos productos y posiblemente tú conozcas a alguien que se interese. Si nos acompañas te daré una comisión.

"¿Si nos...?" La chica pecosa se percata de que hay dos personas más en el automóvil.

—¿Por qué no lo llevan ellos?

Cierro rápidamente el ejemplar de la revista, sujeto el portafolios y acciono la manija para abrir la portezuela. Ésta da un golpe seco, pero la puerta no se abre. El tipo se vuelve con la velocidad de una fiera, me mira y sonríe sardónico.

—Está asegurada... Tranquilízate o te irá mal.

La manija ha sido arreglada para que no pueda accionarse desde el interior. Me siento atrapado. La ventanilla tampoco se abre.

—¿Cómo te llamas?

—Ariadne.

—Tú debes de conocer a varias muchachas y ellos no —comenta el tipo jadeando—. ¿Qué dices? Si nos deleitas con tu compañía unos minutos te regresaré hasta aquí y te daré algo de dinero.

—¿Qué productos venden?

El hombre me quita la revista y se la muestra a la chica, cerciorándose de que no hay nadie cerca.

Mario ha dejado su propio entretenimiento e inclinado hacia adelante sonríe, atento a lo que sucede, pero la vergüenza y la sospecha de saberse cerca de su primera experiencia sexual lo hacen esconderse detrás de la cabeza del conductor.

Ella se ha quedado inmóvil con un gesto de asombro sin tomar la revista. El hombre la hojea frente a ella.

—¿Ya te "calentaste", pequeña?

Ariadne permanece callada; parece muy asustada, pero paradójicamente no deja de observar las fotografías. El hombre saca una caja de abajo del asiento, vuelve a cerciorarse de que no hay nadie en las proximidades y se la muestra.

—Esto es para cuando estés sola... ¿Lo conocías? Funciona de maravilla. Como el verdadero. Vamos, no te avergüences. Tócalo. Siente su textura...

La chica mira de reojo el pene artificial y luego a mí.

—Ya te sentirás con más confianza —asegura el hombre al tiempo en que continúan sus acaloradas caricias sobre el pantalón—. Tenemos muchas otras cosas cautivantes que te relajarán. Ya lo verás.

En ese instante la joven parece captar el peligro, pero llevada por una idea incomprensible, se presta a seguir el juego. El hombre le hace preguntas sobre su constitución, sus sensaciones, sus problemas, y ella responde con monosílabos y movimientos de cabeza.

—Está bien —asiente al fin con un viso de suspicacia—, los acompañaré a la escuela, pero con la condición de que me regresen aquí después.

—¿Vives cerca?

—Sí. Por la esquina donde va cruzando aquella muchacha.

—¿Es tu compañera? ¿La conoces? ¡Trae el mismo uniforme que tú!

—Estudia en la misma escuela.

—Llámala. ¿Crees que querrá acompañarnos?

Me quedo literalmente helado. No puede ser verdad. ¿De qué se trata? Es demasiada desventura. La hermosa estudiante de recién ingreso...

2
¡Te voy a enseñar!

El conductor toca la bocina del automóvil y saca el brazo para hacerle señales a la muchacha, invitándola a aproximarse.

Me tapo la cara con ambas manos.

Recuerdo que hace dos meses, cuando la conocí, el cielo amenazaba tormenta; había centellas y rayos en la ceremonia cívica. Ariadne anunció por micrófono que había llegado una nueva compañera cuyo padre era diplomático y acababa de mudarse a nuestra ciudad. Después comunicó que dicha estudiante pasaría al frente a declamar un poema. A muchos, el asunto nos tenía sin cuidado. Vigilábamos con recelo las traicioneras nubes negras, pero cuando la recién llegada comenzó a hablar nos impactó su presencia. Como estaba en la primera fila, no pude evitar dar un paso para observarla mejor. Algunos payasos me imitaron en una parodia de querer irse sobre ella. La hermosura de la chica era insólita, pero lo más impresionante era su seguridad, su aplomo, la fuerza de carácter que reflejaba en su voz... En ese momento el fulgor de un nuevo rayo nos iluminó y casi de inmediato se escuchó el estridente trueno. Comenzó a lloviznar, pero nadie se movió. Fue un fenómeno interesante. La concurrencia quedó atrapada con la enérgica dramatización.

Durante los siguientes días no pude detener la avalancha de emociones contradictorias. Me sentí enamorado, feliz, temeroso, expectante. La espié. Le escribí poemas. Imaginé que cuando ella me conociera a mí, también debía impresionarse. Acerté a ese respecto. Me conocerá ahora, como ayudante del promotor pornográfico a medio camino de seducir a su amiga la pecosa...

El conductor insiste llamando a la chica.

—¡Ven! —la llama y luego comenta en voz baja—: Así se completan las dos parejas.

—Prefiero ir sola —interviene Ariadne—, no la conozco bien y tal vez lo arruine todo.

La miro atónito. Miente... ¡Por supuesto que la conoce bien! Es su mejor amiga.

—Como quieras —dice el hombre—; vamos, sube entonces. No nos tardaremos mucho —esconde la revista y sonríe con malicia—. Sube al asiento de atrás. Por la otra puerta. Sólo se abre desde fuera.

La pecosa rodea el auto. El hombre sonríe mirándonos a Mario y a mí alternadamente en señal de triunfo.

El movimiento de la mano de Ariadne es lento y nervioso. El pestillo de la cerradura trasera se destraba con un chasquido metálico. Después abre también la portezuela delantera y comienza a dar pasos hacia atrás, alejándose del vehículo.

—¿Que haces? ¿Adónde vas? Me lo prometiste, no tardaremos, vamos, ¡sube ya! Los dos muchachos son buenas personas, verás como no te dolerá. Todo te gustará mucho. Vamos, ¡*sube ya*!

Ariadne echa a correr calle arriba. El hombre, furioso, comienza a tocar el claxon.

—¡Mario, ve por ella!

El chico obedece; aprovecho para saltar del auto, pero apenas he dado unos pasos reparo en que he dejado mi portafolios. Regreso, me inclinó para alcanzarlo y el hombre me coge de la muñeca.

—Espera cretino, tú vienes con nosotros.

Me sacudo pero es inútil. Llevo la mano libre hasta la de mi opresor y la trato de arrancar de mi antebrazo.

—¡Suélteme..! —murmuro mientras le entierro las uñas en la piel y le empujo la mano.

El tipo es mucho más fuerte de lo que jamás hubiera pensado o yo soy mucho más débil. Veo su enorme cara morena llena de hoyuelos, su gesto duro y sus repugnantes ojos bizcos que me miran sin mirarme.

—¡*Te voy a enseñar!* a que no seas un maldito cobarde. Te voy a enseñar.

—¡Suélteme!

—Te voy a enseñar... —y empieza a arrastrarme al interior del auto.

Desesperado forcejeo y casi logro zafarme, pero el hombre me detiene con el otro brazo. Como último recurso, le escupo a la cara, entonces me suelta dando un alarido. Empuño mis útiles y echo a correr, pero mi cuerpo no se ha equilibrado con el peso del portafolios y éste se me enreda entre las piernas haciéndome trastabillar. Me voy al suelo de frente y meto las manos un instante antes de estrellar la cara contra el pavimento. Mi portafolios rueda; por fortuna no se abre. El auto rojo está a media calle. Veo cómo Mario regresa al vehículo sin haber alcanzado a su presa, me grita algo que no entiendo, vuelve a subirse al asiento trasero, cierra su portezuela mientras el conductor cierra la delantera; veo cómo se encienden los pequeños focos blancos de las luces traseras y escucho al mismo tiempo el ruido que produce el engranaje de la caja de velocidades cuando se intenta embragar la reversa con prisa.

Me pongo de pie. Voy hasta el portafolios, lo levanto y, vislumbrando la entrada de un extenso campo lleno de árboles, inicio una nueva carrera desesperado por alejarme. El automóvil viene en reversa hacia mí. Puedo sentirlo, puedo escucharlo. Está a punto de alcanzarme cuando llego a la banqueta y giro hacia la izquierda sin dejar de correr. Mi mente es un mar de ideas contradictorias, de imágenes excitantes y repugnantes a la vez.

Cuando me he alejado lo suficiente y veo que no me siguen, aminoro el paso y me tiro exhausto en el césped.

3
Mario tomó agua de mar

Al llegar a casa, voy a mi habitación ofuscado, desorientado. La noche me sorprende antes de que pueda tener alguna conclusión clara. Cuando calculo que todos se han dormido ya, salgo de mi cuarto y voy al pasillo de los libros. Enciendo la luz y trato de encontrar algo que me ayude a razonar mejor. Alcanzo varios volúmenes, sin saber lo que busco y me pongo a hojearlos en el suelo. Hay obras de sexología, medicina, psicología. Trato de leer, pero no me concentro. Después de un rato me levanto y deambulo por la casa; al fin me detengo en la ventana de la sala.

No puedo apartar de mi mente las imágenes impresas que

vi. Regresan una y otra vez. Pero van más allá de un recuerdo grato. Son más que un estímulo sexual; llegan a ser un nauseabundo sobreestímulo.

Con la vista perdida a través del vidrio, abandono la ingenuidad de una niñez que me impulsaba a confiar en todos.

De pronto me embarga la intensa sensación de estar siendo observado. Giro despacio y doy un salto al descubrir a mi madre sentada en el sillón de la sala...

—¿Pero qué haces aquí?

—Oí ruidos. Salí y te encontré meditando. No quise molestarte.

Agacho la cara sin acabar de comprender. ¿Qué significa eso? ¿Ha escuchado mis murmullos? ¿Ha detectado mi desesperación y tristeza? ¿Por qué penetró sin anunciarse en mi espacio de intimidad?

—¿Cuánto tiempo llevas aquí?

—Como media hora.

—¿Sin hacer ruido? ¿Sin decir nada?

—Quise acompañarte... eso es todo.

No comprendo. Incluso me siento molesto.

—Vi que revisaste varios libros. ¿Buscabas algo en especial?

—No, mamá. Mejor dicho, sí... No sé si contarte...

—Me interesa todo lo que te pasa. Estás viviendo una etapa difícil.

—¿Por qué dices eso?

—En la adolescencia se descubren muchas cosas. Se aprende a vivir. Los sentimientos son muy intensos.

Me animo a mirarla. La molestia de haber sido importunado en mis elucubraciones se va tornando poco a poco en gratitud.

Me agrada sentirme amado, ser importante para alguien que está dispuesto a desvelarse sólo por hacerme compañía.

—No todas las personas de buen aspecto son decentes, ¿verdad?

Ella guarda silencio. Es una mujer preparada. Tiene estudios de pedagogía y psicología. Quiere escuchar más para darme una opinión.

—Fui convencido por un farsante que se hizo pasar por profesor de biología.

—¿Convencido de qué?

—Soy un estúpido.

—¿Qué te pasó?

—Un hombre... me invitó a subir a su coche. No te enojes, por favor, sé que hice mal, pero parecía un hombre digno de confianza.

Permanece callada esperando que aclarare las cosas.

—Ninguna editorial, marca o compañía distribuidora avalaba la impresión de esas revistas.

—¿Qué revistas?

Me da vergüenza describirle a mi madre lo que vi. Mujeres mostrando groseramente las partes más íntimas de su anatomía; aparatos extraños usados por ellas para profanarse; cópulas simultáneas de dos hombres con la misma mujer, de dos mujeres con el mismo hombre, coito de niñas y niños con adultos.

—¿El hombre que te invitó a su coche era promotor de material obsceno?

—Sí...

—¿Te hizo algo malo?

—No. Escapé. Pero Mario, un compañero de mi salón, se fue con él. Parecía muy entusiasmado con el trabajo.

—¿Qué trabajo?

—El de actor...

Mi madre tiene la boca seca. Me observa asustada. Respira y asiente muy despacio.

—Tenemos que dar aviso a las autoridades.

—Sí, lo entiendo.

—La pornografía infantil es un negocio que cada vez crece más. Hay que ayudar a detener esto. Dios mío. Nunca pensé que estuviera tan cerca de mi familia. Ve las noticias. Abundan adolescentes secuestrados que son objeto de abuso, jóvenes atrapados por bandas de drogadictos, falsas agencias de empleos que solicitan modelos jóvenes para embaucar a los chicos que llegan y enrolarlos en la prostitución...

—Sí. Ahora lo sé.

—¿Qué sucedió en el coche de ese hombre?

—Nada. Sólo me mostró algunas cosas. No puedo apartarlas de mi mente... Sé que son sucias pero me atraen. Me dan asco pero me gustaría ver más. No entiendo lo que me pasa.

Se pone de pie y camina en círculos; respira hondo como controlando un furor que quiere explotar. Luego viene hacia mí.

—Te voy a contar algo. En un naufragio, los sobrevivientes se enfrentan con la más terrible tentación: Beber agua de mar. Quienes lo hacen, lejos de mitigar su sed, la acrecientan y mueren muy rápido. Lo que ese hombre te ofreció es agua de mar... Los adolescentes son como náufragos con sed. Lo que has descubierto parece apetecible, pero es veneno.. Amárrate al mástil de tu embarcación si es necesario, como lo describe Homero en la *Odisea* cuando habla de las letales sirenas que cantaban atrayendo a los marinos a una muerte segura.

—*Mario tomó agua de mar.*

—Sí, pero eso no significa que tú estés a salvo. Volverás a recibir ofertas.

—Y cuando ocurra no voy a correr; no debo asustarme de todo lo que veo. Si existe una realidad que yo ignoraba debo enfrentarme a ella y aceptarla.

—Estás en un error. Tú sabes que existen serpientes. Eso no significa que debes convivir con ellas. Son traicioneras. Un domador de circo pasó trece años entrenando a una anaconda. Parecía tener el control del animal. Se ufanaba de ello. Preparó un acto que funcionó bien, pero una noche, frente al público en pleno espectáculo, la serpiente se enredó en el hombre y le hizo crujir todos los huesos hasta matarlo. Miles de muchachos mueren asfixiados por una anaconda que creyeron domesticar.

Hay un largo silencio. Recuerdo las publicaciones.

—Ahora entiendo por qué ese material no tenía el sello de ningún productor. Es un delito y los creadores se esconden en el anonimato.

—Sí, hijo, poco a poco los comerciantes están siendo cada vez más descarados. El negocio de la pornografía y de los "juguetes para adultos" reporta utilidades multimillonarias en todo el mundo. Es como la droga. Los empresarios que están detrás de esto, son capaces de comprar a funcionarios y conseguir permisos para difundir sus productos. ¿Quién autorizó que hasta en los puestos de periódicos se venda parte de ese material? ¿Cuál es el límite de lo que pueden vender? Los promotores de promiscuidad se enriquecen chillando que tienen derecho a la libertad de expresión y que nadie puede probar que sus productos sean dañinos, pero es un hecho que millones de personas son afectadas directa o indirectamente por esa basura. Cuando la policía registra las pertenencias de los criminales, siempre se encuentra con que son aficionados a la más baja pornografía y a todo tipo de perversiones sexuales.

Me incorporo y camino hacia mi madre para abrazarla. Por un largo rato no hablamos. Es innecesario.

—En la maestría de pedagogía debes de haber leído muy buenos libros. ¿Podrías recomendarme alguno?

—Claro. Vamos.

Tomo como tesoro en mis manos los cuatro volúmenes que me sugiere cuando llegamos al pasillo del librero. Regreso a mi cama y los hojeo. No puedo leer. El alud de ideas contradictorias me impide concentrarme lo suficiente. A las tres de la mañana apago la luz y me quedo dormido sin desvestirme sobre la cama.

4
Vaya que vienes decidido

Miércoles, 20 de marzo

Quisiera ser escritor. Como mi abuelo. Escribir es una forma de desahogo cuando la sed nos invita a beber agua de mar.

Por eso inicio este diario.

Tengo muchas cosas que escribir.

La primera, la más importante y con la que quiero fundamentar esta libreta, es una pequeña historia de amor que me contó mi abuelo y con la que me identifico:

Un hombre cayó prisionero del ejército enemigo. Lo metieron a una cárcel subterránea. Su nuevo mundo era oscuro, sucio, lleno de personas enfermas y desalentadas. Poco a poco se fue dejando vencer por el maltrato hasta que la hija del rey visitó la prisión. Era una princesa hermosa, única. Se llamaba Sheccid.

Fue tal el desencanto de la princesa Sheccid, que suplicó a su padre para que sacara a esos hombres de los calabozos y les diera una vida más digna. Pero el rey no lo hizo.

Sheccid lloró de tristeza.

El prisionero del ejercito enemigo comenzó a soñar con Sheccid. La había visto claramente. La escuchó hablar, observó su mirada, contempló su llanto. Quedó cautivado y se preguntó qué tendría que hacer para alcanzarla y conquistarla. En primer lugar salir de esa cárcel. Escapar. Después, emprender un intenso trabajo personal para ser mejor y llegar a pensar, actuar y vivir como un príncipe; alguien digno de ella.

Así fue como desplegó una compleja estrategia.

Se escapó de la cárcel y se entregó en cuerpo y alma a su propósito. Siempre motivado por el secreto amor hacia su princesa.

Quiero pensar que este diario lo escribo para alguien muy especial.

Mi princesa:

He pensado tanto en ti durante estos días. He vuelto a soñar contigo de forma insistente y clara. Tengo miedo de que tu amiga Ariadne se me anticipe y lo eche todo a perder antes de que me conozcas. Por eso la próxima vez que te vea, me acercaré a decirte que, sin darte cuenta, me has motivado a escapar de mi prisión y ser mejor.

Me encuentro sentado en una banca del patio transcribiendo en mi libreta un poema, cuando la veo a lo lejos.

Algunas veces su rostro se oculta detrás de los transeúntes, otras se descubre en medio del círculo de amigas con todo su fulminante parecido al rostro que me atormenta en sueños. Las manos me sudan, los dedos me tiemblan. La boca se me ha secado casi por completo. Tengo que acercarme. Lo he prometido. Echo un último vistazo al poema que copié antes de cerrar mi libreta.

Yo no sé quién eres ni como te llamas;

no sé si eres buena, humana y piadosa,

o eres como todas, como tantas otras,

insensible y falsa. Te conozco apenas,

a través del velo de mis fantasías

y mis esperanzas. Ignoro tu vida,

tus glorias pasadas, y las ilusiones

que para el mañana hilvana tu mente.

Y hasta tu mirada me es desconocida,

porque no he tenido la suerte de verte

de cerca a la cara. Sé que puedo amarte,

porque me haces falta y estar a tu lado

cuando tú lo quieras, y para tu historia

¡ser todo o ser nada! no obstante que ignoro

quién eres, cómo eres...y cómo te llamas

Martín Galas Jr.

Veo a la chica fijamente. Pienso que mientras esté rodeada de tantas personas me será imposible abordarla, pero de pronto el grupo de muchachas comienza a despedirse y en unos segundos la dejan totalmente so... ¿la? Me pongo de pie. Camino unos pasos dudando. No dispongo de mucho tiempo, pronto terminará el descanso y ella se esfumará nuevamente. Avanzo sin pensarlo más.

Me mira y al hacerlo percibo una mueca de desagrado como mostrando absoluta indisposición para atender a ningún conquistador. Me detengo a medio metro de la banca. Frente a ella compruebo que de cerca es más hermosa aún. Al ver que no digo nada, enfrenta mi mirada con intensidad en pleno gesto interrogativo.

—Hola —la voz sale de mi garganta insegura pero cargada de suplicante honestidad—. ¿Puedes ayudarme?

Ella frunce las cejas, como si hubiese esperado otras palabras y otro tono de voz.

—Sí. ¿De qué se trata?

—Se trata de... bueno, hace tiempo que deseaba hablarte...

En realidad hace mucho tiempo —su postura trasluce el visaje de una primera buena impresión, pero, ¿cuánto tiempo durará si no encuentro algo cuerdo que argumentar? Debo pensar bien y rápido. Comienzo a construir y descartar parlamentos en la mente a toda velocidad: *Es difícil abordar a una joven como tú...* No. Muevo la cabeza. Eso es vulgar; entonces: *Si supieras de las horas en que he planeado cómo hablarte me creerías un tonto por estar haciéndolo tan torpemente...* Sonrío y ella me devuelve la sonrisa. No puedo decir eso, sonaría teatral, preparado, pero tengo que decir algo ya.

—Te he visto declamar dos veces y me gustó mucho.

—¿Dos veces?

—La segunda lo hiciste para toda la escuela en medio de una tormenta.

—¿Cómo? ¿La segunda?

—La primera lo hiciste para mí... En sueños... —la frase no tiene intención de conquista, es verdadera; tal vez nota mi seriedad y por eso permanece a la expectativa—. Declamas increíblemente —completo—. Estoy escribiendo un diario para ti. Quiero ser tu amigo.

—¿Por qué no te sientas?

Lo hago y las palabras siguientes salen de mi boca sin haber pasado el registro de razonamiento habitual.

—Eres una muchacha muy especial y me gustaría conocerte.

—*Vaya que vienes decidido.*

Muevo la cabeza. Eso fue un error. Tengo que ser más sutil y seguir un riguroso orden antes de exteriorizar mis pensamientos.

—¿Por qué no empezamos por presentarnos? —sugiere—. Mi nombre es...

—Sheccid —la interrumpo.

—Che... ¿qué?

—Mi abuelo es escritor. Lo admiro mucho. Cuando yo era niño me contaba cuentos. Él me platicó la historia de una princesa árabe extremadamente hermosa llamada Sheccid. Un prisionero se enamoró de ella y, motivado por la fuerza de ese amor, escapó de la cárcel y comenzó a superarse hasta que logró entrar a trabajar al palacio como consejero del rey; pero él nunca le declaró su amor y ella se casó con otro de sus pretendientes.

Me mira unos segundos con sus increíbles ojos azules.

—Y esa princesa se llamaba... She... ¿cómo?

—Sheccid.

—¿Así que vas a cambiarme de nombre?

—Sí. Pero no quiero que te cases con otro sin saber que yo existo.

Ríe y mueve la cabeza.

—¿Siempre eres tan imaginativo?

—Sólo cuando me enamoro.

Me doy cuenta de que he pasado nuevamente por alto el control de calidad de las palabras y me reprocho entre dientes: *Que sea la última vez que dices una tontería*, pero a ella no le ha parecido así, porque sigue riendo.

De pronto se pone de pie con el brazo en alto para llamar a una chica que camina lentamente cuidando de no derramar el contenido de dos vasos de refresco que lleva en las manos.

—¡Ariadne, aquí estoy..! —baja la voz para dirigirse a mí—. Te presentaré a una amiga que fue a la cooperativa a traer algo de comer.

Al instante siento un agresivo choque de angustia y miedo. La pecosa llega hasta nosotros. Bajo la cabeza pero me reconoce.

—¡Hey! —grita histérica—. ¿Pero qué haces con este sujeto...?

—¿Qué te pasa, Ariadne? ¡Estás temblando! Vas a tirar los refrescos.

—¡Es que no comprendes! —me observa con ojos desorbitados—. ¡Dios mío! ¿No sabes quién es él?

—Acabo de conocerlo ¿pero por qué...?

—Es el joven del automóvil rojo de quien te hablé.

—¿El de...?

—¡Por favor! ¿Ya se te olvidó? ¡El de las revistas pornográficas! A él y a otro de esta escuela les abrí la puerta creyendo que el tipo que manejaba los tenía atrapados, pero me equivoqué. Corrieron detrás de mí para obligarme a subir con ellos.

—¿Él..?

—Sí.

—¡Increíble..! —murmura—. ¿Con que me viste declamar en sueños y vas a ponerme el nombre de una princesa que inventó tu abuelo? —Da dos pasos hacia atrás y se dirige a su amiga para concluir—: ¡Pero qué te parece el cinismo de este idiota!

No puedo hablar. Las miro estupefacto. No vuelven la cabeza. Simplemente se alejan.

5
Voy a recitar un poema para ti

Martes, 25 de junio

Mi amigo Mario ha desaparecido.

Tuve que hablar por teléfono con su madre viuda para darle las señas del coche deportivo en el que lo vi por última vez. No quise entrar en detalles con respecto a los ofrecimientos del conductor, pero la señora se presentó en mi casa para averiguar más. Mamá me ayudó a explicarle todo. La pobre mujer se soltó a llorar de forma lastimosa. Nos confesó que Mario era un hijo difícil, que no la obedecía. No sabía cómo orientarlo. Me partió el alma verla en ese estado.

Por otro lado, también estoy confundido. El choque de saberme rechazado injustamente por aquella chica me ha producido una terrible tristeza. Durante más de tres meses no he hablado con casi nadie. Sé que está mal, pero me he hecho de amigos inanimados a quienes trato como personas: el microscopio profesional usado que mi padre compró en la subasta para el mejoramiento de la escuela; lo llamo Fred y me paso horas haciendo descubrimientos con él. También me he reconciliado con mi bicicleta y he comenzado a entrenar con tesón para las competencias. Por las noches leo poemas y los memorizo con la secreta intención de declamar algún día frente a toda la escuela. Finalmente desmenuzo los libros que mi madre me recomendó.

Me pregunto una y otra vez por qué esa chica fue tan dura conmigo, por qué no me permitió exponerle mi punto de vista.

He aprendido que el deporte favorito de la gente es juzgar y condenar con un mínimo de datos.

Leí en uno de los libros de mi madre que en cierto pueblo de Europa, a fines del siglo XIX llegó a vivir una hermosa viuda, madre de tres hijos. A las pocas semanas todo el vecindario hablaba mal de ella. Decían que era perezosa, que estaba casi siempre acostada y que recibía las lujuriosas visitas de tres hombres; decían que para no ser sorprendida en sus prácticas sucias, mandaba a sus hijos a la calle y éstos se veían obligados a comer con los vecinos... Los chismes y habladurías respecto a ella corrían por todo el pueblo. Un día la llevaron al hospital y al fin se supo la verdad: tenía una enfermedad incurable, no podía moverse mucho, los dolores eran tan atroces que prefería dejar salir a sus hijos para que no la vieran sufrir; la visitaban su médico, su abogado y su hermano. Era una buena mujer, condenada por las suposiciones, difamada, rechazada injustamente.

¡Cuánta gente es víctima de los dedos acusadores!

Pienso en Mario y recuerdo que varias veces le escuché hablar mal de su madre. ¡Cómo me gustaría que supiera la forma en que la ha hecho sufrir! Los hijos juzgamos a nuestros padres por sus errores, sin haber crecido donde ellos crecieron, con las carencias que ellos tuvieron, con el trato que recibieron, con sus presiones económicas, sus problemas, sus preocupaciones; sin la menor idea de lo que significa vivir en sus zapatos.

Festival de fin de curso.

Padres de familia, maestros y estudiantes se dan cita en la plaza cívica del colegio para presenciar la celebración.

Repaso el poema con verdadera zozobra. Estoy muy nervioso. Veo la magnitud del público y siento deseos de huir. Respiro luchando contra el pánico escénico.

Faltan escasos diez minutos para que comience el espectáculo.

Veo a lo lejos a mi princesa acompañada de un grupo de amigos. Bajo del estrado y me dirijo hacia ella.

—¡Sheccid, espera!

Gira la cabeza al reconocer el nombre.

—Quiero decirte algo —le digo sofocado.

—Déjame en paz...

Un muchacho alto y robusto se adelanta dos pasos y se planta a su lado.

—No sé lo que te habrán dicho de mí —insisto—, pero te mintieron.

—Sólo desaparécete de mi vista.

—Dentro de unos minutos voy a... *voy a recitar un poema para ti.*

—No me interesa —y se da la vuelta para alejarse.

—¡Un momento! —le grito—. ¿No me oyes? ¿Por qué me tratas así? Ni siquiera sabes lo que realmente ocurrió ese día.

La chica, ya de espaldas, se detiene un instante al escuchar mi violento reclamo, pero decide ignorarme y continúa caminando. Sus acompañantes la siguen. Sólo el tipo corpulento, de cabello rubio recortado como militar y una portentosa nariz aguileña, permanece frente a mí.

—Me han dicho que has estado molestándola y supongo que eres una persona inteligente.

—Supongo que tú también lo eres —contesto.

—Entonces podemos hablar como la gente. Yo no sé cuáles sean tus intenciones, sólo sé que ella no quiere que le hables... ¿de acuerdo? Así que no te le acerques o te irá mal.

—¿Ah, sí? ¿Y tú crees que no tengo manos para defenderme? —exploto—. ¿En qué época crees que vives? ¡Yo me acercaré a quien me dé la gana!

Me sujeta con fuerza del suéter.

—Estás advertido —susurra.

—¡Púdrete!

Me suelta. Se retira. Tiemblo de rabia. He perdido todo el ánimo, toda la energía, todo el deseo de declamar en el festival, aunque me haya preparado durante tres meses para ello.

Un alumno hace la introducción al micrófono. Profesores e invitados toman su lugar entre los espectadores y el silencio comienza a hacerse notar. Voy a la parte trasera del escenario. No sé cómo ni cuándo son representados los primeros siete números del programa; mi mente es incapaz de concentrarse. El maestro de ceremonias anuncia mi nombre y el título del poema que declamaré. Tardo varios segundos en reaccionar. Me pongo de pie con un insólito mareo. Camino hacia el micrófono sintiendo la llama abrasadora de cientos de miradas. Dudo mucho en poder llevar a cabo la representación.

Cuando llego al escenario echo un vistazo alrededor y me percato de lo enorme que es la escuela y de la gran cantidad de gente que aguarda. Al nombrar el título de la poesía noto que mi voz tiembla, igual que mis manos y rodillas. Los ojos del público me están dominando, venciendo, aniquilando. Eso no puede ocurrir; cuando oí declamar a Sheccid fue ella quien dominó y conmovió a la gente. Tengo que controlarme porque, además, ella debe estar observándome en algún lugar de esa multitud.

Comienzo a hablar sin un ápice de fuerza:

—*Con que entonces adiós. ¿No olvidas nada? Bueno, vete. Podemos despedirnos. Ya no tenemos nada que decirnos. Te dejo, puedes irte. Aunque no, espera. Espera todavía que pare de llover* —el poema de Paul Geraldy salta de un lugar a otro en mi mente, adelantándose, deteniéndose, volviendo a comenzar—. *Un abrigo de invierno es lo que habría que ponerte. ¿De modo que te he devuelto todo? ¿No tengo tuyo nada? Has tomado tus cartas, tu retrato y bien, mírame ahora.*

Enmudezco amedrentado frente al micrófono, sin saber cómo continuar, qué decir, cómo disculparme, cómo atenuar el ridículo que inesperadamente me percato que hago. La falta de concentración incrementa mi terror, pero en realidad no es eso lo que me ha hecho olvidar repentinamente el parlamento. Es mi princesa, es haberla descubierto sentada en la primera fila a uno o dos metros de distancia, escuchando con atención; pero tampoco es ella, es su acompañante de nariz aguileña y casquete corto, quien le rodea la espalda con un cariñoso abrazo.

Alguien comienza a aplaudir y el resto de los estudiantes imitan el gesto para salvarme de la penosa escena.

6
Qué buena nalgada

Me retiro con rapidez y camino a los sanitarios queriendo desaparecer. Recuerdo mi reciente intento de galanteo como un fantasma de reproche: *Dentro de unos minutos voy a recitar un poema... para ti...* Imagino cómo se estarán riendo esa chica y su enamorado cara de ganso.

Cuando salgo de los baños, me encuentro con mi maestra de lengua y literatura.

—Quiero hablar contigo.

Bajo la vista. Asiento. Vamos al edificio administrativo. En la explanada principal se escucha la representación de un baile folklórico.

Llegamos a su oficina.

—Toma asiento.

Obedezco.

—Nunca me dijiste que querías declamar. Soy tu profesora de arte dramático.

—Sí. Debí decirle…

—No me gusta como terminó este primer intento; debemos trabajar juntos para que lo hagas de nuevo en otra ocasión.

—No quiero volver a declamar, maestra.

—¡Pues lo harás!

—Soy un tonto.

—¿Qué dices? ¡Eso es precisamente lo que no quiero que pienses! Por eso me levanté de inmediato para buscarte. Escúchame, alza la cara. Los seres humanos somos lo que creemos ser y nuestras *etiquetas* se forman con las *últimas experiencias* con que nos quedamos.

—¿Qué?

—Cuando el conductor de un automóvil sufre un accidente

grave, su primera reacción es el miedo y el rechazo a volver a manejar. Si se queda con esa *última experiencia*, jamás podrá conducir un coche otra vez, pero si hace un esfuerzo y comienza poco a poco a superar el trauma, al cabo de un tiempo recuperará su seguridad y manejará mejor aún que antes del accidente. ¿Me comprendes? Quien se cae de la bicicleta y se lastima ya no querrá volver a pedalear y si sus amigos le consienten su deserción, quedará marcado para siempre con una fobia. Todos los *no puedo* tienen el mismo origen: un fracaso no superado, una caída tras la que no se realizó otro intento, un error que se fijó como la *última experiencia*. Tienes apenas quince años y si no vuelves a tomar el micrófono pronto, cumplirás los treinta con pánico a hablar en público.

—Si vuelvo a intentarlo, todos se reirán de mí. Los mismos profesores me recomendarán que me dedique a otra cosa.

—Eso trato de decirte. Estoy cansada de ver cómo alumnos, maestros y padres de familia inhiben a los jóvenes que fallan en algo, diciéndoles que no vale la pena intentarlo de nuevo. Es absurdo. Es criminal... ¡Entiende! Los resultados que obtenemos en un deporte, en el estudio de determinada materia, en oratoria, en debates y hasta en relaciones humanas y amorosas, están determinados por nuestras *últimas experiencias*. El que sufrió un revés cree erróneamente que siempre será así y mantiene esa etiqueta. Es una ley de psicología: toda información nueva, al penetrar en la mente, tiende a sustituir la información antigua relacionada con el mismo tema. Así, la clave para ser diestro en algo no es sólo practicar cuando sale bien sino intentarlo una y otra vez cuando sale mal... Un hombre vale no por los triunfos que ha acumulado sino por las veces que se ha levantado de sus fracasos.

No alcanzo a comprender toda la fuerza y profundidad de esas palabras, pero sin saber bien el porqué me siento menos desdichado. La maestra Jennifer me hace prometer que seguiré preparándome para declamar en una futura oportunidad y salgo de su oficina con la extraña sensación de haber sido rescatado cuando iba cayendo ya por un precipicio sin retorno.

Los resultados que tenemos, incluso en relaciones humanas y amorosas, están determinados por nuestras últimas experiencias. El que sufrió un revés cree erróneamente que siempre será así.

Recuerdo un poema de Pedro B. Palacios:

No te des por vencido ni aun vencido.

No te sientas esclavo siendo esclavo.

Trémulo de pavor piénsate bravo,

y arremete feroz si estás herido.

Ten el tesón del clavo enmohecido

que ya viejo y ruin vuelve a ser clavo,

no la cobarde estupidez del pavo

que amaina su plumaje al primer ruido.

Sé como el fuerte, que al penar no gime o llora[1].

Si caes vuelve a intentarlo, lucha y reza[2].

¡Que muerda y vocifere vengadora,

ya rodando en el polvo tu cabeza!

El festival toca a su fin.

Los chicos comienzan a desalojar el patio.

Me mezclo en la multitud y recibo una fuerte palmada en la espalda.

—Te fue fatal, ¿verdad, enano?

Sabino, uno de los pandilleros más famosos, me sonríe con sorna.

[1] y [2] Versos modificados

—Sí —contesto—, pero la próxima vez me irá mejor.

—¿Piensas volver a recitar? ¡Estás loco!

Todos ríen y continúan su camino. Siempre se han burlado de mí, me han puesto apodos, me han llamado cobarde por no querer participar en sus bromas, pero eso tiene que acabarse *ya*.

—¡Espérenme! —grito llamando a mis colegas—. ¿Adónde van?

—Hoy traigo el coche de mi papá —comenta uno del grupo—, vamos a dar una vuelta, no me digas que quieres venir con nosotros.

—Claro.

Los cinco jóvenes corren al estacionamiento. Me uno a ellos y nadie me rechaza.

Apenas nos hemos acomodado en el coche negro, el conductor acelera al máximo. Las llantas rechinan al patinar en una curva. Los tripulantes ríen, unos de miedo y otros porque les parece muy cómico que a pesar de la forma en que acabamos de tomar la curva, el cacharro no se volcó matándonos a todos. Yo estoy tenso y callado. Uno de mis compañeros habla de cómo ha hurtado ciertas cosas y entonces todos comienzan a arrebatarse la palabra para relatar aventuras de robos y engaños.

En ese momento distinguimos un grupo de jovencitas caminando en sentido contrario a nosotros. Me agacho de inmediato al reconocer entre ellas a Ariadne y a Sheccid.

Al pasar frente a las chicas el chofer toca el claxon que emite un sonido afónico, y les grita lo *buenas* que están. Todos ríen. Sabino le pide al conductor que regrese.

—¿De veras?

—¡Claro! Y pasa cerca de ellas, por favor.

—¡Así se habla! —gritan los demás.

Mis compañeros se han alterado mucho, como si estuviesen a punto de realizar alguna de sus travesuras más atrevidas.

El cacharro humeante da vuelta en U y acelera para llegar hasta las chicas, quienes no se percatan de que el auto se acerca por detrás. Mi princesa camina sobre la calle, puesto que la banqueta es demasiado angosta, así que el conductor aproxima el coche lo suficiente y disminuye la velocidad mientras Sabino saca medio cuerpo por la ventana. Cuando el auto las alcanza, Sabino lanza un frenético alarido que hace brincar a las chicas y con la mano derecha bien abierta planta una formidable nalgada a Sheccid, quien da un grito, aterrada. El auto acelera de inmediato y las carcajadas de mis compañeros se escuchan hasta el exterior.

Estoy hundido en el asiento. No puedo creerlo. Me siento azarado, colérico, como alguien que acaba de presenciar a unos cretinos agredir a una persona muy querida.

—¡Fantástico! —todos ríen—. *Qué buena nalgada.*

—¿Qué le pasa al poeta frustrado?

—¿Te asustaste, ratón? No seas ridículo. Da la vuelta a la cuadra y repitamos la maniobra —propone Sabino—. Esa tipa está buenísima.

—Es peligroso —comenta el chofer—, mejor busquemos otras.

—No pasa nada. Te digo que quiero repetir con las mismas.

No puedo soportarlo más. Levanto la voz.

—Déjenme bajar.

Se hace un silencio cortante en el interior del auto. El conductor disminuye la velocidad.

—¡Que se baje! —opina uno.

—Que se tire por la ventana el idiota —sugiere otro.

El grupo de chicas vuelve a aparecer al fondo de la calle.

—¿Qué hago? —pregunta el conductor.

—Déjalo bajar —autoriza Sabino.

El auto se detiene por completo. Abro la portezuela trasera, pero apenas saco una pierna, el chofer acelera arrancando a toda velocidad. Como tengo la mitad del cuerpo fuera, el movimiento me despide del vehículo. Ruedo por la acera y mi cabeza choca con un poste de concreto. Me desvanezco.

Las chicas escuchan el rechinar de las llantas y voltean para alcanzar a ver buena parte de la escena.

—Es un degenerado.

—Debemos acusarlo para prevenir a otras compañeras.

—Hay que llamar a la policía.

—Pero primero a la cruz roja.

—¿Por qué lo habrán aventado del auto?

No escucho la voz de Sheccid. Más tarde me enteraré de que es ella quien ha corrido al teléfono de la esquina para pedir una ambulancia.

Cuando vuelvo en mí, las chicas ya no están. Dos paramédicos me atienden.

7
Este número es muy importante

Lunes, 5 de agosto

Mis padres preguntaron, alarmados, qué me había pasado en la cabeza. No les mentí, pero tampoco les dije toda la verdad.

He pensado mucho en Sabino y sus compinches. En sus charlas jactanciosas sobre quién era el más deshonesto, en lo que le hicieron a Sheccid...

He subrayado y resumido las obras de algunos especialistas de la conducta humana. Copio a continuación conclusiones a las que llegué:

Los males que aquejan a individuos, familias y naciones, proceden de uno sólo: La Corrupción.

Temas como la crisis financiera, la inseguridad, el desastre ecológico, las democracias disfrazadas, son sólo una muestra del verdadero fondo de las cosas. Desde los narcopolíticos y sus cómplices, pasando por los gobernantes que se enriquecen sangrando al pueblo, la gente que vota por ellos sólo porque así tendrá dinero o influencias, hasta llegar a los empresarios que evaden impuestos, acumulan riqueza con negocios sucios, explotan a sus trabajadores, o a los empleados que roban, trabajan lo menos que pueden para reventar al patrón, e incluso a los estudiantes que compran una calificación o un certificado. Todo es corrupción.

Existe una filosofía de inmoralidad que se enseña de una generación a otra:

Transa y avanza: *Progresa siendo deshonesto.*

El que parte y reparte le toca la mejor parte: *Cuando distribuyas, aprovéchate y despoja a los demás.*

Tonto es el que presta un libro y más tonto el que lo regresa: *No confíes en nadie, ¡pero si alguien confía en ti, fastídialo!*

Ladrón que roba a ladrón tiene cien años de perdón: *Sólo piensa que otros son deshonestos y te sentirás bien cuando les hagas daño.*

El fin justifica los medios: *Puedes matar, robar o traficar droga si distribuyes las ganancias entre tus pobres familiares.*

Este es el año de Hidalgo, cobarde es el que no se lleve algo: *Tenemos la oportunidad de robar, que nadie se quede atrás.*

Leí sobre un dirigente religioso hindú que tenía en su casa una habitación privada donde hacía cuanto le venía en gana; ahí comía carne, bebía licor, veía pornografía, pero al salir practicaba sus tradiciones ortodoxas y era, a la vista de todos, mesurado y recto.

Es el mismo caso del muchacho que tiene varias novias, promete a todas amor eterno y se ríe de ellas por lo crédulas que son, o el marido que se despide de su esposa con un beso y un "te amo" para ir a su oficina a seducir a otras mujeres.

Muchos individuos nefastos tienen, como el hindú del cuarto secreto, una religión pública, hacen oraciones y rezos enfrente de los demás, van a sus cultos ostentando devoción, se golpean el pecho, cargan consigo sus textos venerables y no pierden oportunidad para asegurarle a otros que se irán al infierno; pero en realidad son comediantes, payasos, exhibicionistas, que no viven una fe intrínseca y mucho menos una verdadera relación con Dios; nunca oran en privado, en la soledad de su habitación, de rodillas frente al Señor. Son legalistas huecos, cascarones sin esencia...

El director de una empresa que se vio precisado a despedir a 20% de sus empleados confesó que al momento de determinar de qué personas podían prescindir, tomó en cuenta sobre todo la honestidad. Todo es reemplazable, comentó, menos la integridad. Ya no existen personas celosas de los principios éticos y en la actualidad ésa es la cualidad más valiosa.

En Hamlet, William Shakespeare afirma: si eres veraz contigo mismo, se seguirá como el día a la noche que no podrás ser falso con nadie más.

Uno de los escritores que consulté, asegura que tanta mentira, abuso y promiscuidad están atrayendo destrucción natural; el uso legal de drogas, el matrimonio de homosexuales, los abortos masivos e indiscriminados, la utilización de la mujer como objeto sexual, la pornografía infantil, las películas obscenas a la venta en cada esquina, los juguetes eróticos, el intercambio de parejas, las orgías, etcétera, son detonantes de destrucción.

Leí la triste historia de un médico cirujano cuya esposa contrajo SIDA. *Ella aseguraba no haber mantenido relaciones sexuales con nadie más que con su esposo ni recibido ninguna transfusión de sangre. El hombre estaba deshecho moralmente, acabado y con-*

37

fundido. Cuando se hizo las pruebas, descubrió que él era porta-dor del virus. Desesperado confesó: ¡Una sola vez fui infiel a mi esposa, con una modelo en un congreso de medicina! Preso de ira, viajó para reclamarle a su amante el porqué lo contagió, pero cuál no sería su sorpresa cuando al llamar en el departamento de la chica le abrió la puerta una mujer moribunda en las etapas ter-minales del SIDA. No pudo decirle nada y se fue... El prominente doctor tuvo que enterrar a su esposa y explicar a sus tres hijos lo que había pasado. Entendió muy tarde que estamos en otra épo-ca: la época de la renovación de los valores.

Antes los adultos decían "cuiden a sus gallinas que mi gallo anda suelto", se admitían con cierta liberalidad las familias paralelas y las aventuras de fin de semana. Los propios padres llevaban a sus hijos a inaugurarse con prostitutas. La corrupción y el engaño eran tolerables. Ahora constituyen una muerte segura. Es el Pro-ceso de Selección Natural. Estamos en otra época. No sobrevivi-rá quien no lo entienda de una vez por todas y para siempre.

Pero aún no es tarde mientras aceptemos hacer las cosas con integridad, lealtad, ética y honestidad.

Este verano he estado leyendo mucho y he experimentado un gran crecimiento interno.

Faltan pocos días para el inicio del nuevo ciclo escolar y he ido con mi profesora de arte dramático para practicar la declamación. No quiero quedarme con la "ultima experiencia negativa".

Debo hallar en mi vida más señales de grandeza.

"¡Que muerda y vocifere vengadora, ya rodando en el polvo tu cabeza..!"

El primer día de clases, la maestra Jennifer me manda llamar. Acudo a un salón donde se encuentran varios estudiantes de diferentes grupos. Ella al frente.

—Bien, ya estamos todos. La mayoría de ustedes no se conoce entre sí y muchos se estarán preguntando por qué han sido apartados... —Silencio. Todos la miran—. La Dirección me ha asignado como coordinadora especial de este experimento. Sí. Han oído bien. Entre los doscientos cincuenta alumnos que pasaron al último grado, se han seleccionado veinte. Yo sugerí que ustedes debían conformar un nuevo grupo. Hubo mucha oposición en el consejo directivo, pero tengo algunas teorías y estoy dispuesta a jugarme el puesto por demostrarlas —la expectación es cada vez más grande—. Hay quienes opinan que separar a los mejores estudiantes perjudicará a otros; algunos aseguran que se formará un grupo de egoístas presumidos, pero yo creo que ustedes veinte, tienen no sólo un mayor nivel académico, sino también una madurez superior y pueden, por lo tanto, formar un equipo de trabajo con desempeños extraordinarios —las cabezas de todos comienzan a girar para conocerse—. Ahora escuchen bien. No me gusta, pero es verdad: A partir de hoy, tendrán que acostumbrarse a ciertas presiones. Los profesores en desacuerdo con el proyecto intentarán demostrar que nada bueno puede salir de él. Para empezar, el subdirector, uno de los disconformes, me avisó, hace media hora, que el festival cívico de hoy deberá ser dirigido por ustedes. No tenemos tiempo para ensayar nada, apenas unos minutos en los que debemos organizar una escolta y por lo menos cinco números artísticos.

En el silencio del lugar se perciben vibraciones de nerviosismo y reto. Permanezco quieto con las manos heladas mirando alrededor.

¡Es muy pronto para volver a declamar! ¿Qué dirá mi maestra si fracaso otra vez? Ahora su propio puesto está en juego...

Una joven alta y desenvuelta asume espontáneamente el papel de líder y comienza con cuaderno y pluma en mano a anotar a los voluntarios: ése quiere leer las efemérides, aquél sabe un pequeño discurso sobre ecología, aquélla desea hablar sobre la higiene y ese otro puede brincar en un pie rascándose al mismo tiempo la nariz. La moderadora apenas se da abasto anotando.

Mi corazón parece a punto de explotar y la aprensión me ha templado las mejillas; ¡sé que puedo recitar!, he ensayado mucho después del fracaso. Siento ira por no atreverme. *¿Así que tú también eres más apariencia que esencia? ¿Otro deshonesto que lee sobre ética y perseverancia pero sólo es un cobarde?* Muevo la cabeza. ¡No!

Justo cuando han seleccionado, entre todas las propuestas, los seis números, la maestra toma la palabra.

—Me da gusto que hayan reaccionado así, aunque les confieso que no esperaba menos...

Decido al fin y, sin pensarlo más, me pongo de pie.

—¡Yo quiero declamar también! —guardo silencio de inmediato. Por un momento creo que la voz surgió de otra persona, pero soy yo quien está de pie; los nuevos compañeros me contemplan desconcertados pues pareciera que esperé hasta ese momento para llamar la atención.

—De acuerdo —comenta la maestra—, cerrarás con broche de oro —y agrega como disculpándome ante los demás—: *Este número es muy importante...*

Algunos me miran de reojo y preguntan por lo bajo: "¿es muy importante..?"

Todos esperan que lo sea y yo sé que lo es.

8
Una noche te atiende a ti
y otra a mí

Como si estuviese a punto de la salida en una competencia de ciclismo, respiro hondo e intento relajarme mientras espero mi turno al micrófono. Estoy inquieto pero no angustiado como la vez anterior. Tengo el presentimiento de que ahora las cosas serán diferentes. Cuando anuncian mi nombre, Beatriz, la líder espontánea del grupo, me indica el sitio tomándome del brazo y susurrándome al oído:

—Las cosas no van bien. Están aburridos. Haz tu mejor esfuerzo. Ahora todo depende de ti.

Hora de entrar en acción. Asiento; abro y cierro las manos mirando la magnitud de mi público. Camino despacio y me paro al frente. El silencio es total.

—Dedico este poema de Rafael de León —comienzo con voz firme y pausada—, a una amiga muy querida: Sheccid.

No se despierta el mínimo comentario; inhalo y comienzo.

Me lo contaron ayer, las lenguas de doble filo, que te casaste hace un mes y me quedé tan tranquilo...

Todo está bajo control. Sé dónde estoy y sé lo que hago; descubro en cada palabra que el primer secreto del buen orador es saber lo que tiene que decir y, después, decirlo con convicción. Esta vez conozco el poema y poco a poco me voy haciendo parte del argumento; me emociono tanto que manoteo y grito con verdadero furor:

—*¡Que si al pie de los altares mi nombre se te borró, por la gloria de mi madre que no te guardo rencor! ¡Porque sin ser tu marido ni tu novio ni tu amante, soy el que más te ha querido, con eso tengo bastante! Mas como es rico tu dueño, te vendo*

esta profecía: tú, cada noche en tus sueños soñarás que me que-
rías y recordarás la tarde en que tu boca me besó y te llamarás
cobarde, como te lo llamo yo, Pensarás, no es cierto nada, sé
que lo estoy soñando, pero allá en la madrugada te despertarás
llorando, por el que no es tu marido, ni tu novio ni tu amante,
sino el que más te ha querido ¡con eso tengo bastante!

El poema deja en el aire el efecto de un sentimiento intenso, casi con vida propia. El silencio se alarga un poco más
mientras los oyentes acababan de entender el fondo de la
conmovedora historia.

Doy las gracias y me retiro. Entonces viene una ovación que
se prolonga más tiempo del acostumbrado.

No puedo creerlo. Estoy asustado. ¡Las cosas han salido bien
por primera vez! Me pregunto si no estaré soñando.

Camino saludando desconocidos que se aproximan a
felicitarme. Busco a mi profesora de lengua. Necesito verla, agradecerle, decirle que el mérito es de ella, que estoy
impresionado por la forma en que funcionan "sus teorías".
Cruzo el alborotado patio entre chicas que pasan a mi lado
deshaciéndose en sonrisas.

Dos muchachas enormes se acercan a mí.

—Hermoso —escandaliza una—, ¡declamaste increíble!

—¿Lo harás en privado para nosotras? —dice la otra abrazándome por la espalda.

Me pongo un poco tenso. Las coquetas son al menos treinta
centímetros más altas que yo.

—Me llamo Frida. ¿Te casarías conmigo? —ambas sueltan
una sonora carcajada.

—Pero qué descaro, Frida —protesta la compañera—. Si
yo lo vi primero.

—Pues que se case con las dos entonces. *Una noche te atiende*
a ti y la otra a mí. Recitándonos poemas, por supuesto.

Varios caminantes voltean a vernos, atraídos por las bulli-
ciosas risas. ¿Qué esta pasando?

La profesora Jennifer aparece por un costado y me escabullo para reunirme con ella. Las chicas enormes me dicen adiós lanzando besos con la mano. Contesto haciendo lo mismo. La profesora no puede evitar una enorme sonrisa.

Todos mis nuevos compañeros se encuentran ya en el salón cuando llegamos. Algunos me rodean preguntándome cómo aprendí a declamar así y cuántos poemas conozco. La maestra Jennifer pide silencio y todos nos acomodamos en nuestros lugares de inmediato. Luego plantea mi caso. Explica cómo fracasé la primera vez que intenté declamar y el tesón que demostré para no dejarme vencer por la *última experiencia*.

Me pongo de pie. Aclaro:

—La maestra me enseñó que un hombre vale no por los triunfos que haya acumulado sino por las veces que se ha levantado de sus fracasos. Yo... estaba derrotado cuando me dijo eso. Quiero darle las gracias porque si no me hubiese ayudado seguiría en el suelo... También deseo agradecerle por haber formado este grupo. Nunca había tenido compañeros así.

La profesora me mira y con los ojos le digo que la amo.

Salgo del colegio, feliz.

Por desgracia, la alegría no me dura mucho tiempo.

Frente a la escuela descubro a varios muchachos que se aglomeran junto a un moderno automóvil rojo.

9
Sólo vine a cumplir
conmigo misma

Camino hacia al coche rojo sin dudarlo, pero me detengo a unos metros al identificar a Sabino y sus compinches deleitándose con los peculiares productos que el conductor usa como anzuelo. Avanzo con más precaución.

—Miren quién llega.

—Acércate —me invitan—, y descubre lo bueno de la vida.

Uno de ellos me pone el brazo en la espalda. La presencia del grupo me anima a hablar con energía.

—¿Dónde está Mario?

El conductor me ignora.

—¿No me oyó? La madre de mi compañero está muy preocupada y enferma. ¿Dónde está Mario?

El sujeto se dirige a Sabino para urgirlo a que suba al coche de una vez. Me desespero.

—Maldito cretino —tomo una de las revistas, la rompo y arrojo los pedazos al suelo—, ¿qué le hizo a nuestro compañero?

El amigo que me abrazaba deja de hacerlo. Todos están asombrados por mi actitud. El hombre sale del coche expulsando chispas por los ojos. Retrocedemos. Toma los restos de su revista, sube al vehículo y arranca intentando arrollarnos.

—Tomen el número de las placas —grito.

El prefecto se aproxima.

—¿Qué pasa?

Nadie contesta.

—Quiero hablar con el director de la escuela.

Mis compañeros me observan confundidos, temerosos. Se van haciendo para atrás y murmurando diferentes excusas se alejan. El prefecto me acompaña a la Dirección.

Martes, 10 de septiembre

Algo está pasando en mi interior. Puedo sentirlo. Hay una transformación lenta pero clara. Es el poder de la última experiencia. Después de la declamación exitosa me siento fuerte y seguro.

Además de enfrentarme al conductor del coche rojo, me gané el respeto de Sabino y su grupo. El director no podía creer la historia que le conté. Llamó a la madre de Mario y la viuda enferma se presentó de inmediato. Por recomendación del director me ofrecí, como testigo principal, a acompañarla a la delegación de policía. Ahora todos los agentes buscan el auto rojo. Sé que me he metido en problemas. Sé que puedo sufrir alguna represalia del promotor pornográfico, pero me siento bien aprendiendo a asumir riesgos.

Levanto la cara sobresaltado al percibir la presencia de alguien. El patio escolar está solitario a excepción de la banca en que me encuentro y de la chica parada frente a mí.

—Hola...

Esta vez no viene acompañada de su amiga pecosa ni de su rubio guardaespaldas. Me froto los párpados, incrédulo.

—Sheccid...

—Me causa mucha risa la forma en que me nombras. Algunos compañeros han comenzado a decirme así para burlarse.

—¿Burlarse? —bajo la vista.

—¿Estás ocupado?

—Un poco.

—No quiero quitarte el tiempo. Sólo he venido a disculparme.

—¿De qué?

—He hablado mal de ti. Te he hecho quedar en ridículo con medio mundo. He difundido la idea de que eres un depravado. Tal vez lo seas, pero eso no me da derecho a publicarlo. El haberme dado cuenta de mi impertinencia me obliga a pedirte una disculpa, no sé si lo entiendas y no me interesa. *Sólo vine a cumplir conmigo misma.*

La miro sin contestar.

—Tus normas morales son muy especiales —profiero al fin—; te exigen sentirte bien contigo misma aunque hagas sentir mal a todos los demás... Creo que no sabes valorar la amistad.

Tomo mi cuaderno nuevamente y empiezo a pasar las hojas simulando que leo. Ella se queda de pie, tal vez arrepentida de lo que acaba de decir.

—No quise ofenderte. ¿Qué escribías?

Cierro el cuaderno. Me incorporo.

—Nada.

—Te escuché en la ceremonia de ayer. Me impresionaste.

—Todo el verano estuve ensayando.

—¿Y cómo evolucionó la herida que te hiciste en la frente? La última vez que te vi, estabas inconsciente.

Siento calor en las mejillas como cuando me ruborizo. Quiero explicar que no fui yo el que le dio la nalgada, que cuando protesté por lo que mis compañeros hicieron me arrojaron del coche, y que estaba muy avergonzado por el incidente.

—Evolucionó bien —contesto—, me dieron tres puntadas —y levanto el pelo para mostrar la herida.

Observa con aire maternal.

—Te ves del todo recuperado —lleva una mano a mi frente—. Estás ardiendo ¿Tienes fiebre? —me quedo paralizado al sentir rozar el dorso de su mano en mi mejilla simulando que pondera la temperatura—. Deberías ir al médico.

No acabo de comprender el significado de su caricia. Me agrada, me ilusiona, pero a la vez me produce la contradictoria sensación de estar siendo manipulado. Es una chica muy hermosa. A sus quince años, tiene en la mirada todo el candor de una niña y toda la sensualidad de una mujer. Me asusta un poco estar tan cerca de ella. Su piel es blanca, sus labios rojos, sus dientes perfectos, sus cejas pobladas, sus ojos azules, su brillante cabello castaño, su postura erguida...

—¿Y te inscribirás en el concurso de declamación? —pregunta apartando la mano.

—Sí.

—Pues necesitarás practicar muchos veranos más antes de poder ganarme a mí en un concurso.

Al ver su cambio de actitud tomo asiento de nuevo en la banca, dando por terminada la entrevista.

Da la media vuelta y se retira.

10
¡Disfruta esta etapa!

Reclino el sillón hacia atrás y contemplo el techo. Suspiro. Alguien llama a la puerta.

¿Alguien llama? Tardo varios segundos en contestar.

—Sí, pasen...

El intersticio se va agrandando muy despacio. Dirijo la vista al libro y espero. La puerta se cierra con un leve chasquido metálico. Volteo. Mamá está recargada en la columna, en silencio.

—Adelante —susurro.

Pero ella no se mueve.

—¿Te puedo ayudar en algo? —pregunta.

¿Me puede? No. Respondo que no.

—Entonces... —da dos pasos, tres pasos, se aproxima más y más—. ¿Te gustaría platicar conmigo?

La miro un segundo y después aparto la vista. No me gustaría y en el fondo es todo mi deseo, así que sólo me encojo de hombros. Se apoya en el librero.

—¿Te ocurre algo? —pregunta.

Asiento.

—¿Y puedo saberlo?

Fuera de la estancia se escucha el alboroto de mis hermanos, jugando.

—No es nada importante... creo —recorro el sillón hacia atrás y me enfrento a ella indispuesto a dar muchas explicaciones—. Estaba... pensando... No estoy seguro de que puedas entenderme.

—¿Por qué no lo intentas?

—Es que... no es eso... en realidad no estoy seguro de que pueda darme a entender.

Silencio.

Durante los últimos meses tuve deseos de conversar con ella varias veces, pero no me atreví a llamarla y como se mantuvo alejada respetando mi intimidad, ahora son demasiadas cosas. ¿Por cuál empezar? El fracaso en el festival de fin de curso, la agresión de Sabino a Sheccid, la maestra Jennifer, el grupo experimental, la declamación, el segundo encuentro con el tipo del auto rojo...

—Entonces, ¿por qué no intentas darte a entender?

Asiento. De acuerdo, haré lo posible.

—Es que... —medito un instante—, en ocasiones, cuando conoces a una chica te sientes triste sin saber por qué.

—¡Ya! —sonríe—, es eso.

—Sí. Cada vez que me acerco a ella, todo se echa a perder por algo, ¿me entiendes?

Asiente sin poder ocultar una mirada de ternura.

—La quiero mucho, mamá.

—¿Cómo es ella?

—Muy hermosa. Alta, de ojos azules y cabello castaño. Genial. Artista... No la conozco bien, pero tengo la esperanza de que sea alguien especial, capaz de comprenderme y valorarme...

—¿No la conoces bien y piensas todo eso de ella?

—Sí.

—Mmh...

—¿Qué pasa?

—¿Me permitirías darte un consejo?

—Por favor.

—*¡Disfruta esta etapa!* La recordarás como la más hermosa de tu vida, *pero* por más enamorado o triste que te sientas nunca dejes de luchar *por ti mismo.*

—¿A qué te refieres?

—Hay una fuerza que nos empuja a ser mejores; todos la sentimos al descubrir a una persona INALCANZABLE a quien quisiéramos amar...

—¿Una fuerza? No te entiendo.

—Sí, es un impulso positivo, victorioso, generador de optimismo. Cuando un joven se siente solo y anhela a su pareja, se da cuenta de que necesita superarse, estudiar, hacer deporte y aprender cosas nuevas con la seguridad de que algún día estará a la altura necesaria para vivir el romance que anhela.

Permanezco callado recordando el cuento de mi abuelo.

—La fuerza de Sheccid —murmuro.

—¿Cómo?

—No sé si recuerdas, mamá. Tu papá contaba de un prisionero que, motivado por el deseo de merecer a una princesa, rompía sus cadenas y conquistaba la cima del mundo.

—Pero ella se desposaba con otro. Sí, recuerdo la historia. Es muy bella y cierta. Sheccid simboliza la carga de energía que recibe un enamorado. Millones de jóvenes se plantean metas loables, estudian, fortalecen su carácter, ahorran dinero, hacen deporte y trabajan con ahínco para llegar a merecer a alguien muy especial y tener algo que ofrecerle.

Enmudezco. En efecto esa fuerza incontenible, a veces violenta, se ha ido despertando en mí desde hace meses. En ocasiones me desespero y trato de desfogarla como sea, pero cuando veo a mi Sheccid, todo toma su lugar.

—Si esto le ocurre a *todos* los jóvenes, *La fuerza de Sheccid* debería establecerse como un fenómeno psicológico.

Ríe.

—Algún día lo propondremos, sin embargo, como toda energía, puede usarse para bien o para mal. Hay quienes, con la excusa de que nadie los comprende dejan sus arcas vacías, protestan por todo y derrochan su potencial.

—¿Te refieres a que no atesoran dinero?

—Dinero también, pero me refiero a todo. Cultura, profesión, independencia, personalidad, inteligencia; capacidad de servir como apoyo y complemento. Los que no usan *la fuerza de Sheccid* para mejorar, fracasan en la vida, ¿me explico?

—Más o menos.

—Mira. *Una mujer* es alguien que sabe lo que quiere, ha adquirido conocimientos y madurez para tomar decisiones sin consultar todo con su *mami*. Por otro lado, *un hombre* es alguien capaz de mantener a su esposa y hacerse cabalmente responsable de su hogar sin ayuda de su *papi*. Pero ¿cómo va a suceder eso quien toda su vida se dedicó a jugar, a perder el tiempo con amigos, en aventuras sexuales o suspirando? ¡La juventud es época de disfrutar mientras se siembra, no de cosechar! Y el sentimiento que hoy te embarga es muestra de que debes trabajar mucho... por ella.

—Los últimos meses —comento—, motivado por *ella*, me he superado más que nunca. Y seguiré haciéndolo. Sin embargo, no quisiera tener que esperar años para... Tú sabes... Vivir el... amor.

—Lo estás viviendo ya... Disfrútalo.

—¿Se puede disfrutar lo que nos produce sufrimiento?

Sonríe.

—Con frecuencia el amor es así.

¿Así que añorar a mi princesa es señal de que necesito crecer más y superarme?, ¿sufrir sintiéndome incomprendido debe ser motivo de dicha? ¿Al desear ser adulto para tener control total de mi vida debo recordar que la etapa más bella es ésta en la que tanto padezco? Ahora entiendo por qué la adolescencia es época de contradicciones.

—¿Sabes mamá? Me imagino que a los quince años todos los muchachos de tu escuela estaban locos por ti.

No la oigo contestar, tengo que volver a girar la cabeza para verla y cuando me encuentro con sus ojos percibo en ellos un gran afecto. Dicen que una madre representa los cimientos de la dignidad del hombre. Dicen que el amor materno es el punto de partida incuestionable para la edificación de la autoestima. Un niño siente que vale en correspondencia exacta con lo que su madre le demuestra que vale para ella (desde que está en su vientre). Tal vez por eso me siento tan fuerte esta tarde. Aunque vengan huracanes, creo que el edificio de mi dignidad no podrá derrumbarse jamás...

11
¡Fuera, he dicho!

Nos hallamos en el patio esperando que se desocupe el laboratorio de química. Quienes están a punto de salir son los muchachos del grupo de Ariadne y Sheccid. Eso me hace sentir un poco inquieto.

Durante estas semanas he vuelto a declamar varias veces más. A la gente le fascinan mis poesías y las chicas mayores me han adoptado como su amante platónico.

La puerta del laboratorio se abre. Comienzan a desfilar los estudiantes. Parecen molestos, se cierran el paso unos a otros como queriendo escapar.

Casi al final de la procesión aparecen.

Ariadne llora. ¿Llora? ¿Pero qué le ha ocurrido? Sheccid

la abraza como consolándola. Pasan muy cerca de mí. Ensimismadas en su problema me ignoran. Los compañeros de mi grupo entramos al salón y percibimos intensas vibraciones de un conflicto reciente. Acompañado de mis nuevos amigos, Salvador y Rafael, camino directo hacia el ayudante del laboratorio que acomoda el material en las repisas.

—¿Qué pasó? —cuestiono sin más preámbulo—, ¿por qué el grupo anterior tardó tanto en desalojar el salón? ¿Por qué lloraba la pecosa?

El asistente voltea para cerciorarse de que no es visto por un superior e informa con rapidez:

—Alguien, jugando, le quitó la lente principal al microscopio del que Ariadne era responsable. El nuevo profesor de química se enfureció. Pidió que devolvieran la lente pero nadie lo hizo. Amenazó con suspender a Ariadne, bajarle puntos y cobrarle la reparación del microscopio si el gracioso que había quitado la pieza no la regresaba. Nadie la ayudó. Yo vi que estuvieron jugando con el cristal y lo dejaron ir por el desagüe. Es imposible recuperarlo. Lo cierto es que la única perjudicada fue ella.

—¿La van a suspender?

—Si no devuelve la lente a más tardar hoy, antes de la hora de salida, sí.

El nuevo profesor de química sale de su privado con cara de enfado y se para al frente. Todos guardamos silencio y nos acomodamos en los lugares. Es nuestra primera clase con él.

—De modo que ustedes son el grupo de la maestra Jennifer —comienza con sarcasmo—. Gusto en conocerlos. Me alegra tenerlos en mi clase —sonríe—, veremos si son tan buenos como se asegura.

La sesión empieza en una atmósfera de rigidez. Primero por el desagradable antecedente de cuanto ocurrió ahí con el otro grupo y segundo por el agresivo recibimiento del profesor.

—Copien esto —ordena señalando un prolijo diagrama. Comenzamos a sacar cuadernos y lápices para obedecer sin hablar. Después de unos minutos el laboratorio se halla en un silencio total. Cada estudiante se esmera por bosquejar de la mejor manera el complejo dibujo. Por mi parte copio mecánicamente, entonces recuerdo a mi buen amigo *Fred*, el microscopio profesional que papá me regaló... Dejo de dibujar y me quedo estático. Aprecio mucho ese aparato. Representa un bello vínculo entre papá y yo, lo uso con frecuencia y lo coloco en la repisa central del librero para darle a mi habitación un ambiente más científico. No puedo evitar que me embargue la tristeza al comprender lo que debo hacer. Es quizá una oportunidad para demostrarle mis buenas intenciones a Ariadne y a Sheccid. Si me gano el cariño de la pecosa se me abrirá el camino para acercarme también a mi princesa.

Comienzo a copiar, pero mis últimos trazos resultan descuidados y grotescos. Levanto la cara al frente para mirar, mas no para escuchar, al profesor que habla, habla y habla... Me estiro los dedos, nervioso, y empiezo a idear el plan. Una vez que la clase termine, escaparé de la escuela por la parte trasera, correré sin parar hasta mi casa y en menos de una hora estaré de regreso con la lente principal del microscopio para dársela a Ariadne. Debo tener mucho cuidado de no ser visto saltando la reja pues si algún prefecto me sorprende, puedo ser suspendido. Empiezo a sentir el hormigueo del temor subiendo por las extremidades. Me agacho dominado por la aprensión. Tendré que recurrir a toda mi astucia y agilidad para burlar la vigilancia.

—¿Eh? ¿Mande?

—Te he llamado tres veces... —el profesor me grita furioso—, y no has tenido la atención de responderme. ¿Se puede saber en qué piensas?

Los pocos murmullos cesan y las miradas temerosas se clavan en alumno y maestro.

—¿Y ahora qué esperas? ¿Estás sordo o pretendes burlarte de mí? Te he dicho que pases al frente y expongas lo que acabo de explicar.

Me pongo de pie sintiendo un calor ardiente en el rostro, como si las miradas mudas de mis compañeros me exigiesen que demuestre al profesor *a quién* está pidiendo que exponga la clase.

Cuando llego al frente algunos se percatan de mi expresión confundida, bajan la vista, conscientes de que algo malo va a ocurrir. Demasiado tarde razono que debí defenderme desde mi trinchera, decir cualquier excusa, reconocer mi distracción incluso, pero nunca pasar al frente.

—Bien —dice el profesor—, te escuchamos.

Tomo el plumón con un evidente temblor en la mano.

—No escribas; sólo habla.

Asiento y trago saliva. Mis amigos no me miran.

¿Exponer lo que ha explicado el maestro? ¿Y qué rayos es eso?

—No estabas atendiendo ¿verdad?

—No.

—¿Por qué? —la voz del químico se halla cargada de un asombroso tono de rabia.

—Estoy un poco distraído.

—¿Por qué?

—Problemas.

—¡Magnífico! —estalla alzando los brazos y dirigiéndose a la puerta—. Entonces ve a resolverlos afuera —la abre—, aquí sólo quiero gente que tenga interés.

Me quedo petrificado. Imposibilitado para creer, para aceptar lo que está sucediendo.

—¿No piensas salir? ¿Es que acaso mereces estar aquí?

He visto en otras ocasiones escenas similares, pero nunca

pensé que algún día yo sería la víctima. Trato de decir algo. Cualquier cosa que intente atenuar mi vergüenza.

—Estamos esperando que hagas el favor de abandonar el salón.

Intento articular alguna palabra pero no puedo. El profesor dice exasperado:

—Ricardo, toma las cosas de este niño y sácalas.

Ricardo se queda helado. ¿Sacar las cosas de..? ¿Yo? No lo hará.

Dirijo una lenta mirada a mis compañeros que, apenados, no saben cómo ayudarme. Todos ven de reojo a Beatriz, la chica que tomó la iniciativa de organizar los números de la ceremonia cívica frente a la maestra Jennifer y que posteriormente fue nombrada jefa de grupo por votación unánime.

A partir de ahora, tendrán muchas presiones. Los profesores en desacuerdo con el proyecto del grupo experimental tratarán desacreditarlos y demostrar que nada bueno se puede sacar de aquí.

¿Qué hacemos? Está ocurriendo lo que se nos advirtió.

—Yo puedo salirme solo —logro decir con voz trémula.

—Maestro, déle otra oportunidad —protesta Salvador al fin.

—*¡Fuera, he dicho!*

—Profesor —interviene Rafael—, le aseguro que él no era el único distraído, además es un compañero que...

Carmen se pone de pie.

—Tiene razón —afirma con voz alta y segura—. No es justo lo que usted está haciendo. Este grupo es muy unido y no vamos a permitir que se pisotee la dignidad de ningún compañero.

—¡Un momento! —en un repentino impulso, todos se han puesto de pie. ¡Todos!, como un leopardo listo para atacar—, ¡un momento! Se hará lo que yo mande y al que no tome asiento de inmediato lo expulso también del laboratorio —nadie toma asiento y nadie parece estar dispuesto a hacerlo—. Además —continúa al borde de la histeria—, les eliminaré el resto de las prácticas del año y tendrán anulada la materia.

—Trate de comprender —dice Laura.

—¡Silencio! Y tú, niño, sal si no quieres ocasionar a tus compañeros ese castigo.

¿Y tú, *niño*? No puedo soportar más la presión. Tampoco permitiré que estos extraordinarios amigos sean castigados por mi culpa. Voy hasta mi sitio y tomo las cosas para salir del recinto, pero Beatriz me detiene del brazo cuando paso junto a ella.

—No te salgas.

El penetrante silencio parece intensificarse en el laboratorio cargado de emociones negativas. El profesor se acerca a mí con los ojos inyectados de furia, como si estuviese dispuesto a abofetearme.

—¿Quieres "ponerte con Sansón a las patadas"?

—Usted es el que se está amarrando la soga al cuello —asegura Beatriz—. No estamos en la Edad Media.

—Ésta es mi clase —aúlla—, no voy a permitir indisciplinas.

—¡Está loco! —profiere Adriana Varela.

—Salgámonos todos de esta maldita clase —increpa Salvador.

—Usted no puede tratarnos así —grita Rafael.

Beatriz toma sus cosas y sale del aula. Entonces todos la imitamos. A pesar del enojo colectivo, ninguno vuelca su silla, nadie rompe un matraz o hace ningún estropicio. El área de trabajo queda intacta pero sin alumnos.

12
Te traje la lente de Fred

Llegamos a las oficinas del director. Las secretarias se asustan al vernos entrar en tropel. Nos informan que los directivos se encuentran en una junta y no pueden recibirnos. Insistimos en que se trata de algo muy importante.

Ante la algarabía, aparece la maestra Jennifer saliendo de su despacho.

—¿Podemos hablar con usted? —pregunta Beatriz.

—Claro... Pasen. No sé si quepan todos.

Entramos a la oficina en fila y nos apretamos unos contra otros. De inmediato la jefa del grupo comienza a relatar lo sucedido. Algunos compañeros aportan frases cortas a la reseña. El rostro de la profesora se va tornando tenso, después indignado.

—Lo siento —dice—, pero no puedo apoyarlos esta vez. Se han comportado como manifestantes irracionales. El profesor es su autoridad en el aula y deben respetarlo.

—¿Y qué pasa cuando una autoridad es altanera y prepotente? —pregunta Beatriz.

—Protesten, pero por los medios adecuados. Primero hablen claramente con él. Si no reacciona, escriban una carta al director, firmada por todos. Después organicen un comité y presenten una queja verbal respetuosa.

—¿Entonces tenemos que volver al aula?

—Me temo que sí.

Mis compañeros salen, decepcionados, pero Beatriz y yo nos quedamos al final. La maestra Jennifer nos confía:

—Conozco al nuevo profesor del laboratorio. Era un ayudante sin mucha preparación, y el director insistió en ascenderlo. Si ustedes hacen bien las cosas, contaremos con armas para destituirlo. Aunque los dos candidatos que tengo con miras a ocupar ese puesto tampoco son muy confiables. Nunca podemos saber cómo reaccionará alguien cuando se le da poder. Muchos humildes trabajadores se convierten en alzados mandamases, miles de buenos servidores públicos se vuelven arrogantes y despectivos. ¿Quieren saber si alguien está acomplejado? Denle autoridad. Humillará a todos.

Toma del cajón una carpeta de argollas. Pasa las hojas hasta que se detiene en una. La extrae y se la alarga a Beatriz.

—Sácale copias y me la devuelves.

—Sí, maestra.

Salimos de la oficina. Más tarde pegaría en mi diario el papel que la profesora nos dio, como una de las piezas más preciadas de la colección.

EL LÍDER TRIUNFADOR Y SUS AYUDANTES DÉSPOTAS

El verdadero hombre de éxito es humilde. Celebra el triunfo de otros, los felicita, los elogia y se alegra sinceramente de la prosperidad ajena porque él mismo es próspero. Sabe que el sol sale para todos. Es tenaz, preparado, habla fuerte, sabe darse su lugar, pero da el suyo a los demás y los escucha. Siente que en cada ser humano, sin importar su edad, raza o religión, hay algo digno de admirar. No conoce la envidia, pues su filosofía le lleva a pensar que Dios regala "combos" o "paquetes" y no atributos individuales. Por ejemplo: puede detectar que su vecino posea tres cosas mejores que él, pero no las codicia porque sabe que si se le dieran las tres ventajas del vecino, estaría obligado a cargar también con sus desventajas. Para un triunfador es incoherente decir "Dios mío, ¿por qué no me diste otro cónyuge u otra posición social?" Sabe que lo que a él se le dio no es una pareja o una posición sino un "combo" en el que se incluye compañera, hijos, trabajo, cerebro, salud, dones espirituales, aspecto físico, profesión, habilidades, amistades, etcétera; que cada ser humano cuenta con el paquete que justamente necesita, que cada combo tiene una excelente combinación (carencias que equilibran las virtudes y virtudes que compensan las carencias) y que todos los seres humanos son triunfadores en potencia si usan adecuadamente el combo que se les dio.

La posición de líder triunfador, presenta sin embargo, un problema siempre latente:

Atrae a los fracasados como la miel a las moscas.

Se acercan a él muchas personas envidiosas que desean a toda costa cosechar donde no han sembrado.

Los fracasados allegados al líder triunfador se convierten en SUB-JEFES DÉSPOTAS.

Hijos holgazanes del papá rico.

Representantes de artistas, deslumbrados por la fama.

Gerentes intermedios.

Servidores públicos.

Funcionarios de gobierno.

Auxiliares de importantes personalidades...

Tienen con frecuencia el complejo de "mira lo grande que soy". Se envanecen de los triunfos de su jefe. Tratan con desprecio a la gente.

La pulga sobre el perro cree que es ella quien camina rápido.

Ni el propio líder, que es casi siempre una persona muy ocupada, trata con prepotencia a los demás. Pero el subordinado lo hace. Es un "tirano con fusil". Amenaza a todos mostrando el arma que se le dio: su credencial. Fanfarronea, bloquea los asuntos, roba e impone condiciones de dinero.

La pulga, por sí misma, nunca logrará tener poder, pero en cuanto la colocan sobre el perro ostenta su posición y se burla de las que van en el piso.

El líder triunfador debe cuidarse de ese tipo de rémoras.

Del mismo modo, la gente que sufre vejaciones y desprecios por subjefes déspotas debe protestar de manera inteligente y respetuosa, para así lograr un cambio. En ocasiones el líder es el último en enterarse del abuso de sus colaboradores.

El profesor del laboratorio no nos recibe.

Se rumora que un colegio visitante ha llegado a ofrecer un festival artístico de exhibición y las clases se suspenderán.

—Ahora vengo —digo sin dirigirme a nadie.

Salgo corriendo.

Voy hacia la reja trasera. No me detengo ni un segundo a averiguar si el camino está libre. Trepo por la esquina más baja, arrojo el portafolios a la calle y salto sin mirar atrás. Corro rumbo a mi casa.

Por fortuna mi madre no está. Con profunda pena desatornillo de *Fred* el objetivo principal, dejándolo inservible, y me lo echo a la bolsa para correr de regreso a la escuela. En mi fuero interno hay una confusión enorme. Siento que traiciono a mi padre con esa acción, que pierdo para siempre mi posesión científica más valiosa, pero a la vez siento gozo al poder darle algo tan apreciado a Ariadne. De regreso me es mucho más fácil entrar. La puerta está entreabierta y no hay ningún prefecto cerca. Las clases acaban de suspenderse pues, en efecto, la escuela técnica de Hermosillo, Sonora, ofrecerá un festival de exhibición en el patio central. Muchas sillas, extraídas de las aulas han sido colocadas alrededor del patio.

No veo a nadie de mi grupo. Busco a Ariadne con la vista. El festival está a punto de comenzar. Una voz femenina da órdenes, intentando organizar el repentino mercado hindú que se ha concebido de la nada.

Al fin localizo a la pecosa. Está sentada en las escaleras principales junto a una muchacha alta y delgada. Tres escalones más abajo se halla Sheccid conversando con un joven distinto al güero rapado. Me irrito. ¿Cuántos pretendientes tiene esa chica?

Me aproximo por un costado y vislumbro, justamente detrás de Ariadne, un pequeño espacio donde puedo sentarme. Corrijo el rumbo y, de espaldas a ellas, bajo los escalones sorteando a las personas que están acomodadas ya.

—Con permiso, con permiso, con permiso...

—¡Ay! Me pisaste, tarado.

—Perdón.

Llego al espacio vacío y tomo asiento con fingida naturalidad. Me acomodo detrás de la desprevenida chica en el escalón contiguo superior, a escasos centímetros de su oreja derecha.

Ariadne intercambia comentarios con la enorme flaca sentada a su izquierda. Soy incapaz de interrumpirlas. Dominado por una inseguridad atroz miro al frente.

Al cabo de un rato, la música del primer bailable comienza a escucharse y un conjunto de chicos vestidos de veracruzanos aparece brincoteando y azotando sin clemencia sus botas en el piso. Las muchachas dejan de conversar para poner atención a la danza. *Ahora o nunca.*

Me acerco a ella para hablar.

—Ariadne... —voltea y abre mucho los ojos—. Por favor —le digo—. No te asustes. No te enojes. Necesito hablar contigo —intenta ponerse de pie, pero la detengo suavemente del brazo—. No me tengas miedo. Soy incapaz de hacerte daño.

La chica me mira interrogante; se da cuenta de que, en efecto, está rodeada de compañeros y le será fácil pedir ayuda si es molestada, así que termina sentándose de nuevo.

—¿Qué quieres?

—Hablar contigo.

—Pues habla.

Asiento con la cabeza varias veces.

—*Te traje la lente de Fred.*

—¿Cómo?

Muevo la cabeza. Vuelvo a empezar.

13
¿De modo que aspiras formar un harén?

Ella aguarda. Me es imposible hallar la forma de recomenzar.

—Eres muy extraño... ¿Qué es exactamente lo que quieres?

—No pretendo molestarte.

—De acuerdo, pero ¿qué deseas entonces?

—Estoy desesperado por tantos malos entendidos. Es injusto, Ariadne. Como también es injusto lo que te hicieron a ti en el laboratorio de química...

No me aparta la vista. Empieza a mostrarse interesada pero aún cautelosa.

—¿Qué sabes tú?

—El ayudante del maestro me platicó todo. A mí también me fue mal. Por estar distraído, pensando en ti, el profesor me expulsó de la clase. Tengo tanto temor de que puedas malinterpretar esto que voy a decirte...

—Adelante.

Me armo de valor. Saco la lente de la bolsa y se la muestro.

—¿Pero qué es esto? —pregunta al reconocer la pieza.

—Mi padre me compró un microscopio idéntico. Hace rato escapé de la escuela por la reja trasera y fui a casa para traerte la lente.

Se la entrego. Ella la recibe con verdadero asombro.

—No lo puedo creer... —estudia el objetivo de vidrio y encuentra que, en efecto, está en perfecto estado.

—¿Tienes idea de lo que esto significa para mí?

—Sí... —sonrío ligeramente al detectar que el gesto de la chica cambia—, se lo puedes entregar al profesor del laboratorio antes de la hora de salida y te levantará el castigo.

—Pe... pero... —la joven vuelve a mirar el objetivo con la boca abierta—, dejaste inservible el aparato que te regaló tu papá. Además ¿sabes a lo que te arriesgaste? Si te hubieran sorprendido saltando la reja... No te entiendo.

—Es lo menos que puedo hacer por ti. Tú me salvaste la vida.

—¿Yo? ¿Cuándo?

—Literalmente me habían secuestrado cuando me conociste... en aquel automóvil rojo...

La joven me mira con semblante impresionado.

—Sigue.

—No te diste cuenta, pero pude escapar gracias a que abriste la puerta antes de echarte a correr. El otro compañero, que estaba en el auto antes de que yo subiera, fue quien te persiguió. Creo que cometió un grave error. Huyó con aquel tipo. Desde entonces nadie sabe dónde está.

Ariadne tarda varios segundos en organizar sus ideas antes de comentar con voz casi inaudible:

—Entonces fue como lo imaginé. Pero —entrecierra un poco los ojos en gesto de desconfianza—, me sentí muy confundida cuando, semanas después, ocurrió lo de aquel coche negro que se acercó por atrás de nosotras para...

—Siempre he sido relegado por mis compañeros —confieso—, trataba de adaptarme a ellos. Cuando protesté por lo que habían hecho en ese auto, me arrojaron a la calle.

—Casi te matan. Me consta.

Levanto el cabello de mi frente para mostrarle la cicatriz.

—Me dieron tres puntadas.

Ella ríe.

—Aunque, pensándolo bien, todo fue muy divertido.

Tomo un insecto extraño del suelo, le doy un pequeño golpe para hacerlo correr por la palma de mi mano, pero éste extiende sus alas y se eleva. Entonces comento con voz baja:

—Sinceramente, quiero que seas mi amiga.

La chica me mira en silencio. Quizá ni ella misma sabe el motivo de sentirse de pronto desarmada.

—No quiero malinterpretar las cosas, así que explícame. Todos saben que estás enamorado de... —señala con un gesto a Sheccid—, ¿deseas que te ayude a acercarte a ella?

—Quizá... Dicen que la diferencia entre un amor verdadero y un simple capricho es que éste último es más intenso y duradero. Me gustaría sí, que me ayudaras a conocerla mejor para acabar con el capricho.

Ariadne levanta la pierna izquierda dando totalmente la espalda a la larguirucha.

—¿Por dónde comenzamos?

La autopista a Querétaro está despejada. El reloj apunta las siete de la noche y mi hermanito me sigue pedaleando con ligereza. Se vislumbra una enorme pendiente. Acciono el desviador para cambiar la cadena a un piñón mayor y abro paso al pequeño de siete años indicándole que debe empuñarse de la parte inferior del manubrio. Su figura en la bicicleta es atrayente. Tiene un buen estilo y llama la atención al pasar. Mi padre nos escolta con el coche, sacando por la ventana una bandera roja.

—¡ARRANCA YA! —le grito a mi hermano— ¡ACELERA A TODO!

Está por terminar su entrenamiento y el pequeño embala con asombrosa soltura. Doscientos metros adelante pone fin a su práctica haciendo patinar las llantas sobre el pavimento mojado.

Oscurece con demasiada rapidez. En el cielo se dibujan algunas nubes que muestran una amenaza de lluvia atroz.

—¿Continúas?

—Sí, papá. Hasta Lechería por la autopista.

Sigo pedaleando con entusiasmo. Lo bello del ciclismo es que puedo recordar los detalles del día mientras entreno.

Cuando Ariadne se mostró dispuesta a tenderme su mano de amiga y ayudarme a conocer a su compañera, le pregunté:

—¿Cómo se llama?

—Sheccid... —aseguró soltando una afable risa infantil.

—No lo tomes a juego por favor.

—¡Así se llama! Todos en el salón le decimos así ahora y francamente creo que a ella le fascina.

—Siempre fui muy solitario —comenté—, hasta que la conocí a *ella*. Ocurrió un cambio muy profundo en mi vida al darme cuenta de la intensidad con la que podía necesitar a alguien. Comencé a declamar para que se percatara de mi existencia.

—Pero la declamación te ha hecho muy popular en el colegio. Decenas de chicas aceptarían, con los ojos cerrados, ser tus novias.

—Me da exactamente lo mismo.

—Es a Sheccid a quien quieres...

No era una pregunta y la frase flotó en el aire con toda su irrefutable verdad.

—Y también a ti.

—¡Ah! *¿De modo que aspiras formar un harén?*

Reímos. Observé detenidamente a la joven por primera vez. Se veía hermosa. Como muñeca de juguete con caireles a los lados, pecas, mejillas sonrosadas y enormes ojos redondos.

—Háblame de ella.

—¿Qué quieres que te diga?

—Todo. Todo lo que sepas. ¿Quién es en realidad?

—La "Sheccid" de tus sueños debe ser muy especial, pero francamente no sé si coincida con la de la vida real. Necesitas conocerla. Yo sólo puedo decirte que es muy inteligente, posee ideas bien definidas, claras y acertadas. Buen humor; ¡si sólo la conocieras! Es imposible estar a su lado sin reír, además, físicamente... tú debes saberlo mejor que yo.

—Es extraordinaria —susurré pensativo—. Oye, un joven alto de nariz aguileña y pelo rapado como militar, ¿quién es?

—¿Samuel? —rio—. No te preocupes por él. Es su hermano. Preocúpate por el que está platicando con ella ahora. Se llama Adolfo. Está muy insistente por conquistarla y a ella le gusta, debe de gustarle. A todas nos gusta. No hay una sola de nosotras que no opine que Adolfo es hermoso.

—¿Hermoso? —pregunté sin poder evitar un gesto de repugnancia.

—Si sólo fuera un poco más romántico —aclaró—. Creo que debes empezar a actuar, aparecer en la vida de ella cuanto antes, no sea que se deje engatusar por ese soberbio...

Me sentí alegre al recordar la similitud de ese comentario con el cuento de mi abuelo.

—Eres adorable, Ariadne.

—Si te tardas yo voy a aparecer coqueteando en tu vida.

—¿Juegas con todo?

Posó una mano en mi brazo.

—Quiero devolverte el enorme favor que has hecho por mí hoy. Estoy siempre cerca de ella y podré informarte de sus pensamientos, de sus emociones, con la condición de que te acerques a ella *ya*, ¡mañana mismo! Háblale. Dile lo que sientes. No tienes por qué seguir esperando más.

Por mi mente cruzó la idea de que esa chica pecosa de ojos enormes y cara de muñeca también valía mucho.

—Gracias, amiga...

—Y con respecto a lo de tu harén... Si decides algún día formarlo no te olvides de llamarme...

Me limité a observarla. Me inundó un cariño espontáneo y verdadero hacia ella. Le tomé una mano y deposité un suave beso en su mejilla.

Pedaleo cada vez con más rapidez, motivado por los recuerdos.

Cuando paso por Lechería me siento tan fresco que decido seguir entrenando.

Empieza a lloviznar y giro a la derecha para internarme en la angosta carretera al Lago de Guadalupe. No recibo ninguna señal, así que continúo. A mi padre le gusta que entrene duro y yo sé que debo hacerlo si quiero llegar a ser campeón nacional. La lluvia se hace más intensa y el negro manto que nos circunda es cada vez más impenetrable. Un perro comienza a aullar. Es algo muy común en estos lugares, pero al primero le siguen otros. Puedo ver la carretera empapada, brillando, pero está demasiado oscuro alrededor. Uno de los perros sale a mi encuentro. Me voy contra él y éste se aparta dando un salto a la orilla. Entonces escucho que los ladridos provenientes de las casuchas hundidas en tinieblas por su mala iluminación aumentan. No puedo ver a los perros hasta que se encuentran a un metro de distancia. Son muchos. Todos tratando de alcanzarme las piernas que han perdido su ritmo y pedalean con más fuerza sólo para salvarse. Empiezo a zigzaguear lo más bruscamente que me permite el pavimento mojado, mientras el claxon del auto suena. Cuando aparecen más atacantes, desmonto la bomba de aire y, empuñada en la mano izquierda, comienzo a repartir golpes que zumban en el viento húmedo antes de chocar con los huesudos perros.

La bocina del auto hace su escandalosa parte. Las luces largas me permiten ver una enorme bajada próxima. Coloco la bomba de aire en su sitio y pedaleo con fuerza para llegar a ella. En cuanto la bicicleta va cobrando velocidad los canes se quedan atrás. Sonrío. *Perfecto.* Hago un cambio con la palanca a un piñón más pequeño y monto la doble multiplicación, pero tan bruscamente que la cadena salta en el engranaje central y cae hacia fuera. Por un momento me desequilibro; mi velocidad aumenta y por la imperfección del pavimento la cadena bailotea de arriba a abajo provocando el peligro de trabar la rueda trasera. Siento miedo. La pendiente llena de curvas se vuelve más pronunciada cada vez y la lluvia, también en aumento, empieza a golpearme sin clemencia el rostro, obligándome a cerrar los ojos e impidiéndome ver con claridad el escurridizo camino cuesta abajo.

En una de las vueltas más inesperadas, la luz del auto deja de alumbrarme por completo y me enfrento a una oscuridad implacable. Aprieto los frenos temiendo salirme del camino, mas las gomas no pueden sujetar la rueda mojada y el cable del freno trasero revienta. Estoy a punto de perder el equilibrio, pero las curvas terminan y al entrar a una prolongada recta las luces del auto van apareciendo despacio detrás de mí. Distingo un bulto grande como una bolsa de basura a mitad de la carretera. Me orillo para esquivarlo. La luz del coche me alumbra al fin con claridad. Paso junto al obstáculo y vuelvo la cabeza hacia atrás para averiguar qué es. Las llantas del carro patinan al esquivarlo, y el fugaz resplandor me dibuja el rostro de un hombre atropellado, empapado por la lluvia en el charco de su propia sangre.

14
La basura debe esperar

Mi padre me obliga a detenerme; marca su teléfono pidiendo ayuda. Llegan varias patrullas y ambulancias. Por fortuna el accidentado aún está con vida y confiesa haber sido arrollado por un camión. Eso nos exime de toda responsabilidad y los policías nos dejan ir.

Camino a casa me encorvo en el asiento, abrazándome las piernas dobladas sobre mi pecho. Estoy empapado. Tiemblo. Más de miedo que de frío.

—¡Nunca debiste entrar a esa carretera! ¡Y lo sabes! Te he dicho que debes detenerte en el cruce de la autopista. Sobre todo cuando entrenas a esta hora —mi padre me reprende con severidad—. ¡Caramba hijo!, sentiste que empezó a llover y tú conoces esa ruta ¿qué no piensas? ¿Por qué nunca me obedeces?

—Voy a ganar el campeonato nacional.

—¡Sí! ¿Pero a qué precio? ¿Viste la forma en que te arriesgaste? ¡Piensas que tus padres te dicen las cosas por molestarte! Si te ordeno que vayas a un lado no vas, si te ordeno que repares una cosa no la reparas, si te pido que cuides a tus hermanos, no lo haces. Eres un hijo que deja mucho que desear.

Me tapo los oídos. Sé que tiene razón pero sus palabras me hieren. Mi hermano va en el asiento trasero atento a la conversación.

—Papá, no lo regañes... —la voz del pequeño se interpone entre nosotros con la autoridad que sólo puede tener un niño—. Tal vez mi hermano tuvo que ir por esa carretera para que viéramos al señor atropellado, le habláramos a los doctores y pudieran salvarle la vida.

La reprimenda de mi padre termina de inmediato.

Son las 6:30 de la mañana. Salgo de casa. Tengo que caminar a buen paso para llegar temprano al colegio. Apenas doblo la esquina un tipo se cruza en mi camino. Me hago a un lado para continuar mi ruta y se vuelve a cruzar. Levanto la cara. Me quedo frío.

Es él.

—No pensabas encontrarte conmigo ¿verdad?

Giro la cabeza buscando alguna persona cercana a quien pedir ayuda. No hay nadie. Tampoco veo, esta vez, el carro rojo del hombre por ningún lado.

—Luciste muy valentón el otro día con tus amigos. Rompiste mi material.

—¿Dónde está Mario?

—¿Quieres saberlo? Aquí está...

Sin que pueda prevenirlo, el sujeto me da un golpe directo al abdomen con el puño derecho. Caigo al suelo, sin aire.

—Sé donde vives —comenta sacudiéndose las manos—. Estaré en contacto contigo para darte mayor información.

Martes, 15 de octubre

Fui con mis padres a la policía. Un sujeto prepotente, a quien llaman "Benítez", se presentó como comandante en turno y, aunque no quiso pasarnos a su privado, nos aseguró que hallaría al sujeto. Le pidió a mi padre dinero para algunos gastos personales. Le dijo que era forzoso implementar un dispositivo especial para protegerme en el trayecto de mi casa a la escuela y viceversa. Mi papá se negó a darle ese dinero. El tipo se enfureció. Papá exigió hablar con su superior. Entonces recuperó la compostura y aseguró que haría lo posible por ayudarnos. No me gustó el hom-

bre. *Tengo la sospecha de que es un subjefe déspota que usa su puesto para enriquecerse.*

Leí un concepto de Vincent Peale, quien asegura que el ser humano se corrompe en tres etapas. Mario comenzó a corromperse. El promotor pornográfico. Sabino y su pandilla. Benítez, el policía. ¿En qué etapa se encuentra cada uno? ¿Cuál es el proceso de degradación al que estamos expuestos? Según aquel autor, los pasos son muy claros:

PRIMERA ETAPA DE CORRUPCIÓN

Con profundo temor y aprensión, la persona sigue el consejo de los malvados, haciendo algo que sabe equivocado. Se siente nervioso al hacerlo, pero busca agradar a los amigos que lo presionan. El ladrón, el asesino, el adúltero; el infractor, actúa con inseguridad y temor cuando lo hace por primer vez.

SEGUNDA ETAPA DE CORRUPCIÓN

La persona va adquiriendo confianza en que sus fechorías cometidas no serán castigadas porque las realizan cada vez con más astucia; así, camina por la senda del mal, y en sus mentiras, infidelidades o suciedades piensa que es alguien exitoso. Invulnerable. Miles de corruptos se jactan de ser expertos en engañar sin ser descubiertos. Pero no hay nada de eso. Sólo están en la segunda etapa.

TERCERA ETAPA DE CORRUPCIÓN

La persona ha adquirido tal egocentrismo y cinismo en la práctica del mal que se sienta en el banco de los burlones, haciendo escarnio de cualquiera que trate de ser bueno. En esta etapa la persona dirige con frecuencia grupos de seguidores; amenaza y ridiculiza a la gente honesta. El sitio de los burlones es el grado máximo de perdición. Lo que sigue siempre es un abismo en el que los castillos de grandeza se derrumban, aplastando a la persona y acabando con su familia.

Pasado mañana iremos a ver al comandante Benítez para saber cómo van las investigaciones.

Por lo pronto, debo aprender a vivir con la amenaza latente de volverme a encontrar, en cualquier momento, al tipo del auto rojo.

Hora de deportes. Hay que montar la red para jugar volibol. Trepo al asta y Rafael me lanza la soga para atar. Salvador da instrucciones desde abajo en medio del auditorio que se ha formado alrededor. Desde mi alta posición soy el primero en descubrir a Sabino que se acerca. Entra corriendo al círculo y con tremenda premura se coloca detrás de Salvador, apresa con las manos su vestimenta laxa y de un solo tirón baja sus shorts y calzoncillos hasta el suelo, dejándolo semidesnudo. Sale corriendo y se pierde. Alguien suelta una carcajada. Salvador tarda en darse cuenta que muestra ante todos sus intimidades y se cubre con torpeza. Luego vuelve a ponerse la ropa en una reacción que, por su retardo, ha provocado que hasta los más distraídos tengan tiempo de mirar.

Empiezan las prácticas de volibol. Nos formamos en círculos para volear la pelota. Salvador parece frustrado por el incidente, así que cada vez que alcanza el balón, éste se dispara al otro mundo dibujando espirales en el trayecto. La escuela está en silencio, lo único que se escuchan son nuestros gritos y risas en el patio principal; sólo las chicas del taller de contaduría no tienen clase y, aburridas de esperar a la profesora, han comenzado a llegar a las canchas para vernos jugar. Me pone nervioso saber que Sheccid puede estar cerca. El corazón me da un salto cuando la encuentro.

¿Pero qué hace? ¿Es mi princesa la joven que arrastra un gran bote de basura y vacía en él, el contenido de los más pequeños de cada salón? ¡Increíble! ¡Recolectar en una sola cubeta los desechos de la escuela es el castigo más terrible para los indisciplinados!

Sin dejar de jugar, la sigo con la vista. Comienza a subir las escaleras del edificio de enfrente. De seguro pasará por mi salón vacío para recoger la basura. A Salvador le llega la pelota y le da un fuerte golpe que la manda a China.

—¡Ahora vengo!, —grito y corro al edificio.

Al remontar las escaleras, tiemblo.

Entro de súbito al aula vacía. Pero no está vacía. Sheccid se sobresalta al verme; sostiene con las dos manos el bote de basura pequeño para depositar su contenido en el mayor. Después reacciona con gracia y sencillez.

—Hola, —dice—, ¿te parece si me ayudas con esto que pesa mucho?

Me apresuro a levantar el bote y vaciarlo donde ella quiere. Una vez hecho lo requerido, me vuelvo hacia ella. Se ve hermosa, agitada por el trabajo físico; el tono de su piel tornado en rosado intenso y sus cabellos desaliñados le dan la apariencia de una joven atleta que acaba de terminar la competencia.

—Pero ¿por qué haces esto? Es un castigo muy duro...

—No hice nada malo —se apresura a decir.

—¿No?

—Bueno... no creo que lo sea —discurre un momento y luego habla—. Salté la reja de atrás para ir a conseguir las piezas de un microscopio descompuesto.

Me quedo clavado sin saber qué contestar. Toso.

—Entonces debo ayudarte —contesto haciendo gala de ingenio—. Yo he hecho eso mismo en otra ocasión y no me descubrieron... —Sheccid me mira de soslayo con la cabeza ligeramente ladeada en un magnífico gesto de coquetería—. Podemos terminar de hacer esto juntos ¿si?

—De acuerdo —y al escuchar su consentimiento todos mis órganos olvidan cómo comportarse; mi estómago da golpecitos y mi corazón empieza a digerir el desayuno de la mañana.

La profesora de volibol pregunta por mí, a grandes voces. Salgo corriendo y me detengo en el barandal.

—Ya voy maestra, vine por unas monedas.

—Date prisa.

Sheccid toma sus botes y sin decir nada, sin siquiera despedirse con una palabra ni con los ojos y con un ademán de apremio, sale del lugar como si yo no estuviese ahí.

¿Por qué ese gesto de desprecio, esa despedida tan inexistente después de un saludo... tan existente?

Bajo despacio. Me espera la red; por haberme ido tendré que desmontarla. El grupo camina rumbo al aula. Rafael se comide a ayudarme. Subo al mástil de nuevo. Desato las sogas, desganado y me deslizo por el tubo susurrando los estribillos del Madrigal de Gutierre de Cetina.

Ojos claros, serenos, si de un dulce mirar sois alabados,

¿por qué si me miráis, miráis airados?

Si cuanto más piadosos, más bellos parecéis

a aquél que os mira, no me miréis con ira,

porque no parecéis menos hermosos".

Al subirme al segundo poste *la* descubro. Brinco de inmediato delegándole a Rafael el resto de la tarea. Mi amigo suelta una mala palabra y me mira mientras me alejo hacia el sitio en que vislumbré a Sheccid.

Está de espaldas en el rincón del patio. Aparentemente termina su ardua labor con esos recipientes.

Llego con cautela por detrás. La toco en el hombro con suavidad, con mucha suavidad y aún así da un respingo de sorpresa.

—¡Hombre!, —dice al verme—. Me has dado con éste dos tremendos sustos en el día. ¿Qué te propones?

Su gesto está lleno de verdadero disgusto.

—Quiero hablar contigo.

Se da vuelta para tomar del suelo el último bote y vaciarlo en el tambo; no parece dispuesta a atenderme y yo me siento ofendido. Ya es hora de comenzara a hacerme valer. La detengo por el brazo izquierdo.

—¿No me escuchaste?

Se queda paralizada cargando el bote en el aire. En otras circunstancias me apresuraría a ayudarla, pero en esta ocasión *la basura puede esperar. Debe esperar.*

—¡Suéltame! —susurra en tono amenazante.

15
Estoy harto de callar

Obedezco y ella deja caer el pesado recipiente de metal en el colchón de papeles.

—Maldición.

—Yo lo sacaré. Pero antes atiéndeme. Por favor...

—Supongo que será algo muy importante.

Tardo en responder. Mi voz se rehusa a salir. Me examina mientras tanto. La reciente experiencia de haber hablado con Ariadne me da la seguridad de que podré hablar también con Sheccid. Comprendo, sin hacer mucho caso a la idea, que todo en la vida es cuestión de experiencia. Para hablar en público no bastan cursos o teorías. Hay que hacerlo. Para nadar hay que aventarse al agua. No se aprende con libros. La experiencia es oro en el crecimiento humano. Recuerdo sin querer cierto ejemplo de un libro de mi madre. Le preguntaron a un maestro virtuoso qué se necesitaba para lograr la perfección en cualquier disciplina y él aseguró: "Se requieren tres cosas. Número uno *práctica*, número dos *práctica* y número tres *práctica*".

—Necesito decirte algo, Sheccid... —comienzo—. *Estoy harto de callar* —me observa expectante—. Durante mucho tiempo he tenido tristeza, vacío interior, siempre me he conformado con escribir... —hago una pausa sintiendo la energía desordenada; estoy desesperado por demostrarle mis sentimientos, por conseguir que me conozca y me comprenda—. Tú le diste un matiz distinto a esa soledad —continúo tratando de calmarme—, desde que supe que existías, empecé a creer que en ti iba a encontrar a la persona capaz de llenar el enorme hueco que hay en mí, a la persona a la cual yo mismo pudiese ayudar... —Una poderosa melancolía me ha invadido. No quiero que ella se percate, pero tengo que terminar, así que inhalo y exhalo para atenuar la emoción que me domina—. Esta vez he venido a decirte lo que siento por ti... —continúo con voz baja— lo que he sentido siempre, aunque no sirva de nada y aunque no lo creas, pero... es cierto... —y lo digo despacio con claridad—, me gustas... te admiro... te quiero...

Su rostro parece tornarse tenso y un ligero rubor revela turbación. Está callada y permanece mirándome con atención. En sus ojos puede leerse cada pensamiento: se siente halagada, conmovida, asombrada.

—Siempre te creí un muchacho tímido y torpe para expresarse —comenta—. Qué equivocada estaba.

—Quiero que seas mi novia.

—Es... Un poco sorpresivo todo esto.

Me inclino sobre el tambo para sacar el bote de basura que dejó caer cuando la abordé.

—¿Por qué te castigaron?

—Un compañero de mi salón me molestaba. Es un bromista. Quería mojarme con un globo lleno de agua y yo me defendí. Tomé la cubeta de basura y se la arrojé. El prefecto me vio. Por desgracia el bote rodó por la escalera e hizo un batidero.

Muevo la cabeza imaginando la escena.

—Procuraré nunca molestarte con globos llenos de agua.

El pequeño solar empieza a llenarse de compañeros y cada vez es más difícil la conversación.

—Gracias por tratar de ayudarme —comenta.

—Me gustaría que pensaras en lo que te he dicho. La próxima semana hablaremos. ¿Te parece?

Asiente viéndome. Es un trato justo. Y yo me siento feliz, cavilando en que ella pensaría en mí por primera vez, como yo he pensado en ella desde que el abuelo me contó el cuento de la princesa...

Miércoles 16 de octubre

Papá llegó furioso de trabajar.

Fue a la delegación de policía a preguntar cómo iba la pesquisa y se enteró de que el comandante Benítez fue dado de baja de la corporación hace tres años.

—¿Cómo es posible? —gritaba colérico—. Ayer estuvimos a punto de darle dinero para que hiciera un operativo de seguridad. Es un vividor. Un ladrón. ¡Quería tomarnos el pelo..! Ni siquiera es policía.

Mi padre es de carácter fuerte, pero pocas veces lo he visto tan alterado. Durante toda la cena no paró de injuriar al ex-policía timador. Dijo que el nuestro es un gran país. Una nación extraordinaria, llena de grandes tradiciones y valores. Aseguró que somos hombres trabajadores, leales y de enorme calidad humana, pero la corrupción se ha infiltrado en nuestros sistemas. Hay que acabar con la mentira, fraudes y robos...

Después se calmó un poco y filosofó respecto al doblez del ser humano. Me impresionó todo lo que dijo. Por eso en cuanto terminamos de cenar, vine a mi habitación para escribirlo. No quiero olvidarlo:

La carrera de leyes se especializa en detectar mentiras. El que comete ilícitos siempre lo niega, la carga legal exige al inculpado demostrar que se ha mentido en contra de él. Los hombres, viven envueltos en mecanismos para defenderse de la mentira de otros. La política y diplomacia son las ciencias de la hipocresía. Si la gente fuera veraz no harían falta contratos, fianzas, juicios legales, garantías, letras, pagarés, actas... Todo documento "serio" está firmado por varios testigos, respaldado por identificaciones personales, avalado por leyes que protegen contra el incumplimiento y garantizado por penas convencionales.

La personalidad del ser humano tiene tres niveles. El primero de ellos es LA APARIENCIA. Para conocerla basta con ver a la persona, observar su vestimenta, su peinado, su forma de hablar y de conducirse. Es fácil mentir en este nivel.

El segundo nivel de la personalidad son LAS ACTITUDES. Para conocerlo se necesita platicar con la persona, saber qué piensa de su familia, de su trabajo, de sus amigos, saber si es positiva o negativa, constructiva, dañina o traicionera... También en este nivel es posible mentir.

El tercer nivel de la personalidad son LOS VALORES INTRÍNSECOS. Para conocerlo no es suficiente conversar con la persona... hay que vivir con ella. Sólo quienes conviven a diario con nosotros y nos ven reaccionar en todo tipo de circunstancias saben cuáles son nuestros valores vertebrales. En este perímetro ya no es posible mentir. Todo es transparente. Todo sale a la luz.

Mi padre aseguró que don Benítez nos había engañado con su apariencia. Su actitud, sin embargo, después de platicar con él, nos creó cierta desconfianza, pero garantizó que jamás podría engañar ni a su esposa ni a sus hijos, pues el valor intrínseco de la gente se revela en su más profunda intimidad: En sus prácticas sexuales, en la forma en que se gana la vida, en la manera de tratar a sus seres queridos, en sus hábitos privados... Sólo en el secreto se desenmascara al moralista hipócrita o se descubre al verdadero hombre de bien.

Suena el timbre para salir de la escuela. Tengo enormes deseos de ver a Ariadne. Deseo conversar con ella. Siento por la pecosa un aprecio muy especial, como si la conociera de toda la vida. Así que voy en su busca. Subo corriendo las escaleras y al llegar al pasillo la veo. Está sola, recargada frente a la puerta, esperando a alguien. Me mira y sonríe con alegría.

—¡Hey!, qué gusto verte —se acerca a mí refulgente—. Me dijo que hablaste con ella, pero se rehusa a contarme, tal parece —hace una carantoña y alza el brazo—, que has hecho todo un *tour de force*. La has dejado perfectamente *Knock-out*.

—Ah ¿de verdad?

—¡De verdad !, conozco a Sheccid y sé cuando empieza a trastabillar.

—Entiendo —(no entiendo nada).

Percibo una sigilosa presencia a mi lado izquierdo. La confidencia ha terminado antes de comenzar. Sheccid llega hasta nosotros mecánicamente, como si hubiese sabido que yo iba a estar con su amiga. Casi de inmediato se nos une la joven delgada y larguirucha junto a la que Ariadne estaba sentada en el festival.

—Te presento a Camelia.

—Mucho gusto —la saludo, desganado.

Comenzamos a caminar y ellas a discutir otros asuntos. Las oigo departir y sin embargo no las oigo. Bajamos las escaleras.

—El nuevo profesor de Matemáticas es demasiado exigente —opina Camelia.

—Sí, todo lo contrario al joven "barco" que te pasaba con diez a cambio de una sonrisa coqueta —completa Ariadne.

Ríen, mi amiga pecosa se ve feliz y Sheccid un poco abstraída. Aguzo mis sentidos cuando la escucho hablar.

—Ya no se trata del mismo novato figurín y ahora hay que estudiar duro. Creo que iré a comprar el libro que nos encargó.

—*Trigonometría y Geometría Plana* —supone Ariadne con locución gangosa.

—Exacto. No voy a arriesgarme a bajar de nivel por no decidirme a comprarlo. Iré esta tarde a la librería.

—Qué bueno —dice Camelia—, me solucionas el problema, si te doy dinero ¿podrás comprar uno más para mí?

—No me digas; eso sí que no. Tú me acompañarás o ¿quién lo hará?

—Yo no puedo esta tarde.

Salimos de la escuela y empiezo a interesarme en la plática, Sheccid habla con mucha seriedad. La oigo decir que sus padres no estarán y que ella necesita ir por el libro. Pero Camelia no puede... Entonces Ariadne... Oh, lo lamenta pero tiene un compromiso... ¿Y ahora qué va a hacer? A ella no le gustaría ir sola en autobús hasta allá.

Hay un silencio cortante, repentino. Ariadne me da un leve codazo. Me pongo tenso. Puedo solucionar su problema, pues tengo el libro y puedo prestárselo, pero ¿es lo más conveniente? Ariadne vuelve a hacerme una seña para que aproveche la oportunidad.

—Yo Sheccid... yo podría acompañarte —finjo animarme—. Podríamos ir a la librería central juntos. También necesito comprar un libro y tenía planeado hacerlo esta semana. —Mis palabras se mecen en el aire. Nadie habla. La chica titubea, dando la impresión de desear estar en cualquier otro lugar—. ¿Qué dices? —insisto—, podemos vernos aquí en la escuela y comprar, en el camino, un delicioso helado de chocolate.

—Este... tal vez no vaya —responde con expresión inquieta—, tal vez no esta tarde.

Pero la insistencia con que dijo que tenía que ir se hace presente.

—Vamos Sheccid —dice Ariadne dándole un golpecito—, anímate. Yo en tu lugar iría. Te lo aseguro; siempre que fuera con un acompañante como éste... —arquea las cejas—, ¿verdad que también tú lo harías Camelia? —Camelia se despeja la garganta cohibida—. ¿Lo ves? —sigue Ariadne—, ella iría encantada y tú también ¿eh, Sheccid?

—Pues... —se interrumpe y adivino lo que hará. Es obvio, una excusa más y librarse del compromiso, me lo espero y casi lo deseo cobardemente. ¿Iría con ese acompañante? Mi princesa sonríe en una mezcla de dulzura y malicia—. Pues claro que sí —contesta al fin—, no me vendría mal un helado de chocolate si tengo que ir por el libro.

Ariadne irrumpe en aplausos. Camelia la imita. Yo creo no haber escuchado bien. ¿Aceptó? Eso parece. El escándalo de las amigas ratifica lo que mis oídos no se atreven a creer.

—¿Te parece si nos vemos aquí mismo —sugiero—, a las cuatro y media?

—Sí. Pero qué tal si mejor nos vemos en la parada de autobuses de la esquina.

—De acuerdo —le extiendo la mano para despedirme y miro luego a Ariadne. (Eres increíble ¡adorable!)

Comienzo a alejarme.

—¡A las cuatro y media, no lo olvides!, —grita Ariadne como si yo fuese capaz de olvidar una cita como ésa.

16
¿De qué sabor, cariño?

Le pido prestado su coche a mi madre, casi con demasiada cautela, pero en vano; tiene planeado salir esta tarde y lo usará.

Cierro la puerta del baño y alcanzo la perilla de la regadera. La abro. Sin duda, salir en auto hubiese sido mucho más íntimo, música suave, ventanillas cerradas y una conversación personal... Pero soñar no me hace falta, la realidad es otra y tengo que prepararme para ella. Termino de desvestirme y de un leve tirón abro la puerta corrediza de la tina. Me introduzco en la cálida niebla y vuelvo a correr la puerta para que no se escape el vapor. Me tiendo en el agua y cierro los ojos. Lo primero que debo hacer es aceptar que me estoy dando un baño a las tres de la tarde, lo cual no es algo corriente; después del primer paso, el segundo: darme prisa. Ya no queda tanto tiempo. Usaré mi mejor ropa. No. Tal vez no mi mejor, debo vestir con propiedad, como se viste la gente cuando va a comprar un insignificante libro. Mi segunda mejor ropa. Después el tercer paso: no dormirme en la tina o ¿quién irá con ella a comprar el libro si me ahogo?

Cuando llego a la escuela son las 4:15. Quince minutos temprano. Ella no está en la esquina convenida. Voy a echar un vistazo a la escuela y advierto bastante actividad en el interior, pero las clases del turno vespertino no tienen nada de fantástico y son las 4:20 ya. Regreso al lugar de la cita. Primero corriendo, después lento. No ha llegado.

4:30 de la tarde. La papelería está cerrada, la tortería, la cafetería. Muy poca gente pasa por la calle a esta hora.

4:40. Las ideas comienzan a deprimirme, ideas que vienen una detrás de otra, ideas desagradables. Recuerdo la forma en que aceptó ir. Sus amigas la presionaban y yo lo hacía, no podía negarse habiendo dicho antes que necesitaba ir. La mejor forma de librarse del compromiso fue ésa, decir que iría y no ir. La excusa por la que no acudió a la cita será mucho más sencilla de inventar... Es una chica inteligente y yo un tonto. Ni más ni menos. Hay que empezar a desenmarañar los planes...

4:45. Pasa el autobús por quinta ocasión desde que llegué. No queda mucho que decidir; dando las cinco en punto me iré a casa y olvidaré esto. Pero la tarde prometía tanto...

4:50. Pasa otro camión. Empiezo a cansarme. Me siento en la banqueta. ¡No, animal! Te ensucias el maldito pantalón. Me pongo de pie. Me sacudo.

Las 5:00 de la tarde. Y bien ¿qué otra cosa puedo hacer? Tal vez comprarme un helado en el camino de regreso. Es una lástima. Meto las manos en los bolsillos y cabizbajo inicio el regreso a mi casa.

Voy doblando la esquina cuando creo escuchar mi nombre a lo lejos. Vuelvo la cabeza.

Son las 5:10 y mi corazón se hace añicos. No puedo creer, no quiero... Hago un movimiento hacia atrás y me apoyo en la pared. Intento sonreírle pero no estoy seguro de lograrlo. Se ve más hermosa que otras veces, sin uniforme, vestida con un overol corto color verde bosque. Sus formas de mujer se realzan con el traje ceñido de una sola pieza, que a la vez le da un toque deportivo y juvenil. Es como si apenas la conociera, como si fuera la primera vez que la viera, su imagen es encantadora. Las mejillas sonrosadas. Los ojos color esmeralda, quizá por el reflejo de su ropa. Camino hacia ella.

—Hola —saluda unos pasos antes de llegar—, ¿ya te ibas?

Tardo en responder. Aún no logro ubicarme. ¿Es ella? ¿Ha acudido? ¿Es posible tanto cambio en alguien a quien apenas vi hace unas horas?

—Sí, tengo ya bastante tiempo aquí.

—Lo siento...

Su traje verde termina en pantalones cortos abajo y deja un generoso escote cuadrado arriba. El resto del atuendo la hace ver como una auténtica niña. Nada de medias, tacones o maquillaje. Trae calcetas y zapatos bajos.

—¿Tuviste algún problema?

—No...

Noto otra cosa anormal. Que soy casi de su estatura. En parte por mis botas y parte por sus zapatos de piso. Quizá se los puso deliberadamente para estar más baja que yo. Formamos una pareja perfecta. Sonrío, observándola.

—Me agrada mucho verte.

Agacha la cabeza, se remoja los labios y articula:

—No quise ser impuntual, de verdad.

—Olvídalo, valió la pena esperar.

Asiente con una sonrisa. Sobre los ruidos de la calle se destaca el sonido de un motor pesado. El autobús Satélite - Cuatro Caminos está parado y no tardará en partir.

—Vamos —pero nos encontramos un poco lejos, así que la tomo de la mano y corro con ella.

Aunque se iba ya, el chofer lo detiene al vernos llegar.

Le cedo el paso al subir. Pasa de largo frente al cobrador y camina sin titubeos hasta tomar asiento en una de las últimas filas que tiene dos lugares vacíos. Me agrada pagar el pasaje de ambos. Es lógico, pero ya no existen muchas chicas que sepan que la cortesía no sólo depende del hombre. Por lo general si sales en auto con una, por mucho que te apresures a bajar y rodear el coche para abrirle la puerta, cuando llegas, ella ya ha bajado; si extiendes la mano a cualquier muchacha para ayudarla a levantarse de algún sitio, te mira confusa, como preguntándose si la mano extendida significa un calambre o un intento de manoseo. ¿Cómo puede un hombre en esta época ser caballeroso cuando las damas son casi una especie en extinción?

Llego hasta ella y me siento a su lado. Durante un largo rato no hablamos. El ruido del autobús es demasiado fuerte, por lo que tenemos que acercarnos mucho para conversar.

—Cuando declamaste en medio de aquella tormenta a principios de año, Ariadne comentó que te acababas de mudar a esta ciudad... ¿Dónde vivías antes?

—Si te contara... Hemos cambiado de domicilio cuatro veces en los últimos dos años. Eso sin considerar las cinco mudanzas anteriores.

Un pensamiento aciago me desdibuja la sonrisa.

—Y no piensan volver a irse, ¿verdad?

—Eso depende del trabajo de mi padre.

Me siento apesadumbrado.

—Sería una lástima que te fueras.

—Sí. Me gusta este país, tiene una riqueza espiritual y unos valores únicos.

Su comentario llega directo al blanco de mi corazón. Mi patria tiene problemas pero también muchas cosas extraordinarias y yo la amo con todo mi ser. Me siento fascinado al saber que ella también la quiere, aún siendo hija de un extranjero. Guardamos silencio por varios minutos más.

—¿Y desde qué edad declamas? —pregunta después.

—Desde que te conocí...

—¿En serio?

—Aprendí a hacerlo... Fue la única forma que encontré para llamar tu atención y... acercarme a ti.

Me examina con su desvanecedora mirada y sonríe.

Llegamos a Plaza Satélite. Presiono el timbre y, momentos después, el autobús se detiene abriendo su puerta trasera. Bajo primero y la ayudo a bajar.

—Háblame de ti —me dice cuando ya vamos caminando hacia la librería—. ¿Qué quieres más en el mundo?

—En primer lugar te quiero a ti. —Sonríe un poco , más acostumbrada a la idea—. En segundo lugar, adoro a mi familia. Mis padres se aman como si fueran recién casados y mis hermanos y yo lo tenemos todo cuando estamos juntos.

—¿Eres el mayor?

—Sí. A veces es difícil serlo, porque sé de la manera que influyo en los pequeños. Somos dos hombres y dos mujeres.

Cruzamos una avenida y llegamos a la librería.

—Yo también adoro a mi hermano —dice pasando primero por la puerta de cristal—. Es más grande que yo y me cuida como si fuera su hija. Pero no te preocupes —agrega al ver que convengo con un gesto recordando al tipo—, no creo que ande por aquí.

—Eso espero.

Un dependiente con bata azul llega hasta nosotros para preguntar en qué puede ayudarnos. Le damos el nombre de los libros que necesitamos. El joven se retira a buscarlos.

La compra está hecha en unos minutos y pronto salimos a la calle para dirigirnos a una nevería.

—¿Practicas algún deporte?

—Ciclismo.

—¿En serio? Me encanta el ciclismo —¿en serio le encanta? No puedo creerlo—, por lo que tengo entendido es una disciplina que crea un carácter muy tenaz.

—Sí —respondo alegre por lo que escucho—, aunque todo deporte a nivel competitivo es similar en eso.

—Pensé que dirías que practicabas futbol.

—No. ¿Y sabes? Yo tengo que casarme con una mujer a la que le guste el ciclismo.

Asiente ya sin azorarse. Llegamos a la nevería.

—¿De chocolate?

—Ese era el trato.

El muchacho que atiende, con una camisa abierta hasta el ombligo y un tosco amuleto de hierro colgado al cuello, observa a Sheccid; no es el primero que lo ha hecho.

—¡Hey! Bonitos tus ojos ¿eh, nena?

Ella se turba un poco, pero no por el piropo, que seguro está acostumbrada a recibir, sino porque tal vez siente cierta agresión hacia mí. Pienso en advertirle al ente del ombligo peludo que tenga cuidado con lo que dice, pero el hecho de que alguien la adule no debe enfadarme. ¿Qué harán los esposos de modelos o artistas de cine? O desarrollan paciencia de santos o practican artes marciales. Yo no he hecho ni lo uno ni lo otro.

—¿De qué sabor me dijiste, preciosa?

La preciosa baja la vista un poco contrariada, no responde y yo acribillo al tipejo con los ojos. De soslayo puedo ver que Sheccid se acerca a mí en un gesto afectivo. Se une de costado, creo que va a abrazarme por la espalda, pero se detiene y se recarga. Vuelve la cabeza para hablarme:

—*¿De qué sabor, cariño?*

Trago saliva. Mi mente no alcanza a aceptar por completo lo que estoy viviendo. Instintivamente y sólo en un movimiento encaminado a responder de igual forma su gesto de ternura, le rodeo la espalda con el brazo y la atraigo.

—Danos dos helados de chocolate y no hagas ningún comentario más, galán.

La expresión del heladero cambia por completo. Nos despacha y no vuelve a abrir la boca más que para cobrar. Salimos del local abrazados.

17
¿Nadie baja del autobús?

El empleado de la tienda de helados mantiene los ojos en Sheccid mientras nos alejamos. No lo culpo; siempre es agradable mirar una chica tan poco común. Caminamos juntos. La abrazo y pienso en ella. En ella. Con todas mis otras actividades mentales fuera de servicio. Una moneda resbala y rueda por el suelo. Dejo de abrazarla para levantarla, pero apenas la tomo me doy cuenta de lo irreal que resulta todo eso.

Cuando regreso no la abrazo. Lo pienso dos veces.

—En ocasiones me molesta que la gente me vea como un animal raro.

—Debiera gustarte. No cualquier chica tiene esa cara y esos ojos.

—Sí —se encoge de hombros—, pero, ¿cómo te explicaré? Cierto día escuché a la Miss Universo en turno decir por televisión: *Una mujer como yo es fácilmente usada y difícilmente amada... A pocas personas les interesa conocerme y quererme por lo que realmente soy. Sólo les interesa mi físico.* A veces me siento así. Además, no me gustó que el tipo de los helados hiciera esos comentarios frente a ti.

—Lo resolviste muy bien. Tendremos que hacer lo mismo cada vez que alguien te adule.

Reímos, mas lo que intenta ser una frase ingeniosa se vuelve traicioneramente en mi contra. No tengo excusa para abrazarla de nuevo.

Tonto, necio, mentecato...

Caminamos por la acera rumbo a la parada del autobús y yo me siento un burro. ¿Cómo dejé escapar la oportunidad de mantenerla abrazada? Por una tonta moneda y un brillante comentario... La banqueta es muy ancha, bien puedo caminar dos metros separados, pero lo hago muy cerca, como tratando de enmendar mi torpeza. Por su lado Sheccid camina con naturalidad.

—¿Me puedes decir por qué no participaste en el concurso de declamación? —pregunta—. Desde que te conozco, ninguna de tus actitudes me ha enfadado más.

—Ese concurso significaba mucho para ti y yo me retiré para que entendieras que me interesabas tú... no el concurso.

—Mal hecho. Sin tu participación el triunfo ya no tuvo tanto valor. Eras un buen rival a vencer.

El autobús se aproxima, rugiendo, pero esta vez no corremos para alcanzarlo. El vehículo pasa junto a nosotros sin detenerse.

—No importa —dice—, de cualquier forma no quería irme.

¿No quería? ¿Y quién corchos quería?

Entonces regresa la oportunidad, pero no es la oportunidad lo que regresa ni lo que había esperado que regresara. Regresa el efusivo sentir de mis anhelos. Rodeo su espalda otra vez con el brazo y unos segundos después estoy seguro de que ella acepta la caricia acercándose también.

—Amigo, yo siento a donde va todo esto. No me molesta, pero me causa temor... Explícame qué quieres de mí exactamente.

—Que seas mi novia...

—¿Y eso qué significa para ti?

¿Qué significa?

—No lo he pensado.

Se separa con un gesto de molestia.

Llegamos a la parada del autobús y nos recargamos en una pared de piedra. Algo entre nosotros se está descomponiendo, desacomodando, destemplando. No puedo permitirlo. Tengo que esforzarme por contestar su pregunta. Es obvio. Debo demostrar que no soy un mocoso jugando a la "manita sudada", que existe un fondo *real* en mis sentimientos... ¿Pero cómo decirlo? Sé escribir, no hablar. Cierro los ojos y trato de imaginarme con una pluma en la mano y un papel al frente. Entonces comienzo a decir muy despacio, a la velocidad con que fluyen las palabras cuando redacto:

—Será una amistad inquebrantable ante los obstáculos... Será dejar de pensar en un "yo" para pensar en un "nosotros". Poder hablar sin máscaras de nuestros problemas, alegrías, sentimientos, con el único deseo de compartirlos; tener confianza, intimidad mutua, con la total certeza de que no nos traicionaremos nunca. Caminar con el íntimo entusiasmo de sentir que ambos luchamos por los mismos ideales, que nos queremos, no para dar espectáculos ni para tener acercamiento sexual, sino para luchar por un futuro, luchar juntos, tomados de la mano, y no soltarnos nunca mientras nos una el amor.

Abro los ojos. Sheccid me mira con un gesto de asombro.

El autobús esta vez se detiene... Qué lástima... Nos dirigimos a él y subimos. La escena se repite. La alcanzo en los asientos de atrás y pronto el vehículo se va llenando de gente. Estamos sentados en una fila al frente del pasillo donde las personas se tambalean aferradas al pasamanos. Odio ir sentado habiendo señoras de pie, pero en esta ocasión me hago el desentendido. Saco una tarjeta de la billetera y escribo en ella mi número telefónico. Al momento en que se la alcanzo, el asiento de su lado izquierdo se desocupa, una niña de no más de cinco años, con indicaciones de su mamá, se apresura a soltarse del tubo para ganar el lugar, pero un tipejo sucio y apestoso aparta a la pequeña de un empujón y se sienta primero. La niña pierde el equilibrio, entre Sheccid y yo la detenemos para que no caiga. Me pongo de pie cediéndole mi asiento. "Gracias, de nada", miradas expresivas... "Maldito cerdo, ¿dónde tienes lo caballero?" "Ni modo mi amor, ya habrá otras oportunidades de viajar juntos..."

—Dame el libro —se lo doy. Lo apoya en sus piernas.

El camino dura quince minutos y de pronto se pone de pie.

—Aún no hemos llegado —le digo.

—Yo me quedaré aquí —responde tocando el timbre de bajada—, pasaré a casa de una amiga a hacer algunos ejercicios del libro. Además no quiero que sepan que fui contigo a comprarlo.

Asiento desilusionado.

—Por lo pronto.

—De acuerdo. En esta tarjeta está mi teléfono. ¿Me das el tuyo?

—No. Yo te llamo.

El autobús ha parado. Me da la mano para despedirse. La tomo, observándola. La puerta está abierta y el chofer espera. No la suelto y por mi mente pasa un escalofriante pensamiento irrefutable, irrebatible. En mi mente se detiene. Miro su pequeña boca a escasos centímetros de la mía.

Debo besarla.

Las circunstancias son obligadas. Sheccid lo sabe también y lo espera. Pero soy inexperto e irresoluto.

—*¿Nadie baja del autobús?* —se oye la voz del conductor.

—Sí —responde ella—, hasta luego.

—Hasta luego.

Y me quedo con mi maldita inexperiencia y mi maldita irresolución. Oigo el sonido de sus zapatos al bajar los dos escalones de lámina y unos segundos después veo desaparecer su silueta entre los enormes árboles del bulevar.

18
No digan que no he sentido el amor porque los amo a ustedes

Saco los bártulos deportivos y limpio mi bicicleta para la competencia de esta tarde. Estoy comenzando a entender el concepto de *sufrir por amor y disfrutar el amor que daña*. Siento a Sheccid en cada célula de mi cuerpo, en cada molécula del aire que respiro. Forma parte de mí; me alegra recordarla y me duele tenerla lejos.

Mientras preparo la indumentaria, sueño en invitarla al torneo de pista que se va a celebrar. Fantaseo con la idea de que sea mi asistente, mi acompañante, mi consejera.

He crecido mucho en el deporte. He descubierto que mi verdadera habilidad son las pruebas de velocidad pura y me he convertido en el ciclista juvenil más destacado. Pienso ganar la competencia de mañana y dedicarle el triunfo, aunque por el momento no esté a mi lado.

Termino de limpiar mi bicicleta y me dirijo al escritorio para escribir.

Sábado, 2 de noviembre

Sheccid :

Dice Ariadne que has faltado a clases, que tienes problemas familiares. La sombra de una sospecha atroz me ha quitado el sueño todos estos días. Han transcurrido dos semanas desde que fuimos por el libro. He esperado tu llamada telefónica de día y de noche, pero ha sido en vano. Un par de veces te vi a lo lejos, mas te escabulliste entre la gente. Te he esperado durante tanto tiempo y, créeme, ahora que te he encontrado, tengo mucho miedo de perderte.

Las pruebas de pista son limpias, artísticas, estéticas. En ellas se lucen atuendos atractivos: traje brillante de una sola pieza, casco aerodinámico, zapatillas ahusadas, bicicleta plana con forma estilizada, ruedas de modernas aleaciones. Los ciclistas bien implementados dan una apariencia futurista, casi espacial, y mi padre se ha esmerado en comprarme el equipo más avanzado.

Desde el momento en que subo a la pista de madera, las miradas de mucha gente comienzan a centrarse en mis movimientos.

Gano la competencia con un margen considerable y varias personas desde las tribunas organizan una porra para mí. Me siento orgulloso y alegre. Sólo me falta ella para que mi dicha sea completa.

Bajo de la bicicleta y Alicia se acerca acompañada de su obesa tía para pedirme que me fotografíe con ella. Es una chica superficial y falsa.

—Tómense de la mano —ordena la gruesa mujer apuntándonos con la cámara—. No sean fríos, ¡caramba, por lo menos sonrían!

Yo no puedo. No puedo sonreír. He perdido la cuenta del número de veces que me han pedido posar con Alicia. La primera vez sonreí y la abracé en señal de sincera amistad sin saber que se trataba de una joven mentirosa dispuesta a usar esas fotografías para inventar un romance secreto conmigo. Esta vez, cruzado de brazos y con la mirada a otro lado, espero que la tía oprima el botón y diga:

—Listo, muy bien; será una espléndida foto de los dos! ¡Gracias!

Alicia me da su libreta rosa para que le dedique unas palabras. Me niego. Sonríe como deficiente mental y va de inmediato a quejarse con sus amigas. Usa una táctica sucia, artificiosa y traicionera. Varios compañeros regresan con ella y nos rodean aplaudiendo y cantando para que nos reconciliemos. Corean la palabra "beso" y Alicia se acerca para que no me atreva a despreciarla frente a todos. Pero se equivoca. La aparto hacia un lado y salgo de la rueda. A mis espaldas se escuchan silbidos y voces ofensivas que me llaman fanfarrón.

Después de un rato lo intenta de nuevo. Esta vez acude a mi padre para pedirle, de favor, que nos fotografíe juntos. Eso es el acabóse. Quiere tomarme del brazo y la alejo con un movimiento brusco.

En el camino de regreso nadie habla de la competencia ni de mi triunfo. Hablan de Alicia.

—No lo puedo creer —profiere papá encolerizado—. Desde que ganas las carreras te estás volviendo un soberbio.

—¡Cómo te atreves a decirme eso! —contesto alzando la voz—, si ni siquiera sabes lo que ha pasado.

Las manos de mi padre se crispan sobre el volante.

—¡Cómo *te atreves tú* a gritarle así a tu padre! —interviene mamá de inmediato.

—Pero es que...

—Sabes que hay formas de hablar.

—Lo siento.

Silencio largo. En el automóvil se perciben intensas vibraciones de conflicto.

—Eres tan inmaduro —balbucea papá al fin—. ¿Por qué tratas así a tu novia?

—No es mi novia.

—Entonces por qué no la haces tu novia. ¿Qué te quita?

—Eso para mí no es juego.

—Te puedo asegurar que, si esa chica está enamorada de ti, le tiemblan las piernas y se siente desfallecer cada vez que te ve. Es una adolescente y el amor que se siente a esa edad es muy hermoso.

—Lo sé, papá...

—No lo sabes —increpa con vehemencia—. Eres todavía muy chico y no tienes idea de lo que es estar enamorado ni conoces realmente el amor. En muchos aspectos eres un muchacho inteligente, pero en muchos otros demuestras una gran inmadurez. Si fueras realmente un hombre, no te causaría ningún empacho abrazar o besar a Alicia. ¿Qué tiene de malo? Eso no quiere decir que vas a casarte con ella, pero podrías ser más cortés y galante, en vez de comportarte como un payaso presumido.

Me llevo las manos a la cara y siento náuseas. Es tan distinta mi forma de pensar. No puedo acercarme a conquistar y besar a cualquier chica porque estimo que un beso es la manifestación tangible de un sentimiento que debe existir anticipadamente y no estoy dispuesto a hacer un juguete de eso, pues estoy seguro de que seré incapaz de divertirme.

—Me preocupas, hijo... No sabes cómo me preocupas.

El auto va a setenta kilómetros por hora por el carril central del anillo periférico.

—¿Te preocupa que tus hijos crezcan...? —mis palabras suenan trémulas. Hago una pausa para controlar la obstrucción de la garganta. No debo llorar—. ¿Te preocupa que al crecer no piensen igual que tú?

—Sabes que eso no es verdad.

—¡Lo es! Quiero pedirte una disculpa por haberte gritado, pero no te imaginas cómo me duele lo que me has dicho —mi voz languidece y las lágrimas me bordean los párpados inferiores—, me duele porque me hace darme cuenta de que eres incapaz de comprenderme.

Mamá gira desde su asiento.

—Tu padre sólo te ha dicho lo que considera mejor.

—¿Lo que considera mejor? El dice que Alicia se siente mal cuando la trato con indiferencia, ¿cómo se sentirá si le ofrezco una charla de hermosas palabras fingidas, la uso como experiencia, ella me cree y luego se da cuenta que sólo jugué con su cariño? ¿Es eso lo mejor? ¿Es eso lo que a una mujer le gustaría? —me enjugo las lágrimas y respiro con fuerza para poder seguir hablando—. Yo no sé si ustedes estén de acuerdo, pero nunca saldrá de mí el deseo de herir a alguien de esa forma, porque a mí no me gustaría que me hiriesen. ¿Y sabes papá? Yo soy un hombre completo, soy caballeroso y créeme que puedo demostrarte eso de muchas formas. Respetando en primer lugar a las mujeres, porque tengo una madre y dos hermanas... y después... asegurando que no hay nada más bello que ser honesto e íntegro —la voz se me quiebra y tengo que hacer una pequeña pausa para respirar—. Lo sé porque yo amo, papá. En serio... Sé aceptar mis errores, pero esta vez el error no ha sido sólo mío. Los quiero mucho a ambos... *No digan que soy un niño que no ha sentido nunca el amor porque los amo a ustedes... ¿No es eso suficiente?*

Es lo último que puedo decir.

Nadie pronuncia una palabra más en el resto del trayecto.

Al día siguiente me levanto tarde. Es domingo. Estoy emocionalmente apaleado. Abro los ojos con verdadera apatía y veo algo extraño sobre la mesa de lectura. Me pongo de pie y tomo la hoja. Es una carta de mi padre. La leo y releo. Luego salgo de la recámara para buscarlo.

Hijo:

Me admiró y conmovió lo que dijiste en el auto. Debo admitir que había olvidado esa forma tan pura de pensar que tienes. Gracias por recordármelo. Perdóname si te ofendí.

Quiero que recuerdes siempre las palabras de Rudyard Kipling:

Si logras conservar intacta tu firmeza
cuando todos vacilan y tachan tu entereza.

Si a pesar de esas dudas, mantienes tus creencias
sin que te debiliten extrañas sugerencias.
Si sueñas, sin por ello rendirte ante el ensueño.
Si piensas, mas de tu pensamiento sigues dueño.
Si triunfos o desastres no menguan tus ardores
y por igual los tratas como dos impostores.
Si hasta el pueblo te acercas sin perder tu virtud
y con reyes alternas sin cambiar de actitud.
Si no logran turbarte ni amigo ni enemigo,
pero en justa medida pueden contar contigo.
Si entregado a la lucha con nervio y corazón,
aun desfallecido persistes en la acción.
Si alcanzas a llenar el minuto sereno
con sesenta segundos de un esfuerzo supremo...
Lo que existe en el mundo en tus manos tendrás,
¡y además, hijo mío, un hombre serás !

Con amor infinito:

Tu padre, que respetará siempre lo que pienses y que estará
junto a ti para apoyarte hasta que la muerte no se lo permita.

Sheccid camina por el patio acompañada del joven con cabello rizado que vi sentado junto a ella el día del festival. Miro el cuadro a través de la ventana de la biblioteca y me quedo frío.

¿De qué se trata todo esto? —balbuceo mientras voy hacia la puerta tropezando con las sillas y empujando sin querer a un compañero. Salgo al patio y alzo la voz para gritar:

—¡Sheccid!

Los dos muchachos se detienen ante mi llamado a mitad de la explanada. Camino hacia ellos.

—¿Dónde has estado todos estos días?

Mi princesa se ve seria, en una actitud extraña, casi de rechazo.

—Te presento a Adolfo.

—Mucho gusto —contesto extendiéndole la mano pero sin mirarlo—. Me has tenido muy preocupado. ¿Por qué no has venido a la escuela?

Sheccid calla. Parece confundida. Se vuelve a su compañero para pedirle:

—¿Nos dejas un minuto a solas Adolfo?

—¿Por qué? —pregunta el tipo resistiéndose—. ¿Qué pueden hablar que no deba oír?

El sujeto parece indispuesto a moverse de en medio. Tomo a Sheccid del antebrazo y camino con ella alejándome del galán. Me mira sacando chispas por los ojos. No me dejo intimidar.

—Cuando fuimos por el libro de trigonometría no me dijiste que tenías un pretendiente tan... especial —comento.

—¿Y por qué debía hacerlo? Los pretendientes van y vienen. Todos son iguales.

—Sheccid, no me insultes. Yo ni soy igual a nadie ni estoy tratando de jugar contigo.

—Disculpa. Tienes razón.

Permanezco estático, sin saber cuál debe ser el siguiente paso.

—¿Qué has pensado? —pregunto.

—¿Con respecto a qué?

—A lo que hablamos aquella tarde.

—Hablamos muchas cosas.

La miro con tristeza.

—Quiero que seas mi novia.

—Ah. Es sobre eso. Pues he pensado que no te conozco bien. Una salida juntos es insuficiente.

No son sus palabras, hasta cierto punto lógicas, sino su actitud lo que me confunde. Me es imposible asimilar ese cortante tono de voz. Siento que los recursos para acercarme a ella se me agotan.

Traigo debajo del brazo la carpeta con mis notas personales. Se la extiendo.

—Es mi diario. Todo lo que soy y lo que siento está escrito aquí. De alguna forma lo escribo para ti... Léelo. Por favor —lo toma mirándome—. Cuídalo. Es algo muy valioso.

Lo analiza como si hubiese puesto una delicada pieza de cristal en sus manos. Sus facciones se suavizan.

—Pero claro... Yo sé lo que debe valer para ti... estoy... muy asombrada, agradecida, por supuesto y hasta apenada contigo porque... no he hecho mucho para merecer esto ¿verdad?

—Mi vida entera, Sheccid. No sé si la merezcas, pero te la entrego a ti.

—Dios mío —murmura.

—¿Pasa algo?

—No. Sólo que... casi no puedo creerlo.

—¿Qué no puedes creer?

—Que me haya encontrado con una persona como tú.

—¿Te puedo preguntar algo?

—Lo que quieras.

—¿Por qué eres tan despectiva unas veces y tan dulce otras? ¿Por qué no me llamaste por teléfono en todos estos días? ¿Dónde estuviste?

—Mis problemas son demasiado grandes para... —se interrumpe—. No quisiera inmiscuirte en asuntos desagradables. Aunque no lo demuestre... te estimo. No lo olvides.

—No lo olvidaré.

Abraza el cuaderno y se despide cuando ya va caminando.

—Lo leeré rápido y te lo devolveré.

No contesto. No me da oportunidad. Se aleja para reunirse con Ariadne y Adolfo.

19
A "ya sabes quién" le ha picado un bicho raro

Martes, 12 de noviembre

Sed

Cada día que pasa sin lograr que me quiera
es un día perdido...
¡Oh señor no permitas por piedad que me muera
sin que me haya querido!
Porque entonces mi espíritu, con su sed no saciada
con su anhelo voraz,
errará dando tumbos por la noche estrellada,
como pájaro loco, sin alivio ni paz...
>   *Amado Nervo*

Sheccid tiene mi diario. Así que he decidido escribir en hojas suel-
tas para después insertarlas a la libreta. He leído el poema ante-
rior hasta memorizarlo. Aún no soy capaz de comprender lo que
está pasándome.

En la competencia ciclista del sábado tuve la oportunidad de ha-
blar con Alicia. Le dije que me parecía una chica hermosa pero le
confesé que yo estaba profunda, verdaderamente enamorado de
otra muchacha de mi escuela, le supliqué con toda transparencia
que tratáramos de llevar una bella amistad y le pedí una disculpa
por mi actitud cortante de días pasados. Ella me respondió que
sí a todo con gesto decepcionado... Le solicité a mi padre que

nos tomara una fotografía. La abracé sonriente y por primera vez
Alicia no se animó a abrazarme.

A las dos de la tarde, caminando hacia la puerta de salida con Rafael y Salvador, escucho una voz de mujer que me llama. Giro la cabeza y veo a Ariadne agitando una mano desde el segundo piso del edificio. Me pide que la espere; sin quererlo me inquieto un poco. Salvador me mira con una amplia sonrisa sardónica.

—No estaría mal que te arreglaras ese cuello.

Llevo una mano a la tirilla de la camisa y palpo el desaliño de la tela. La acomodo. Rafael ríe:

—Tampoco estaría mal que te ordenaras el cabello; o mejor aún, que te pusieras un peluquín.

—Exacto —aprueba Salvador—, aunque yo opinaría que te quitaras toda la cabeza y la canjearas, y si pudieras hacer lo mismo con el cuerpo estarías mucho más presentable.

Cuando Ariadne llega, mis simplones amigos se hallan descoyuntándose de risa a dúo.

—Pensé que ya no te vería... Debo hablar contigo de algunas cosas importantes. Necesito que hablemos de... *ya sabes quién;* últimamente se ha retraído, se aparta de todos.

—Yo puedo sacar una conclusión —opina Rafael—, algo que quizá les sirva a ustedes dos —da fuerza a su voz—: ¡he concluido —y alza una mano tomando aire—, que a *ya sabes quién* le ha picado un bicho raro! —termina triunfal y nos mira como esperando que lo ovacionemos por su razonamiento.

—Mejor nos vamos Sócrates, —dice Salvador quizá percatándose de que es la única cosa cuerda que ha dicho en el día.

Rafael se despide a gritos:

—Mañana nos cuentas lo que pasó con... —alza las cejas repetidamente— *ya sabes quién.*

No respondo.

—Qué amigos tan graciosos tienes.

—Los conseguí en la subasta de un circo.

Ríe, pero no por mucho tiempo. Hay cosas más serias de qué conversar.

—Entremos a esa aula vacía —la invito y nos dirigimos hacia ella.

—Hay un problema del que debes enterarte —comenta con gravedad—. No sé si hayas escuchado rumores ya, pero es algo serio... y cierto.

—¿De qué hablas?

—De Adolfo... Es un figurín, tú lo sabes, pero tiene muchos amigos en su colonia y... —hace una pausa—, está tramando darte una golpiza.

No puedo evitar dar un respingo hacia atrás.

—¿Cómo?

—Todos en mi grupo tienen conocimiento de que van a darte un susto para que te alejes de Sheccid. Lo grave es que quieren hacerlo de forma indirecta... A través de una pandilla callejera...

Me yergo movido por una repentina aprensión. La boca se me seca. Primero la amenaza del promotor pornográfico y ahora ésta. Me siento como pato silvestre en época de caza.

—Ten cuidado. Te quiero mucho. No puedo ni pensar que vaya a pasarte algo.

—Si él me ataca tengo que defenderme.

Medita moviendo la cabeza y después exterioriza sus pensamientos bosquejando una leve sonrisa.

—No lo hagas porque sería una catástrofe. Son Adolfo con quince vagos, contra ti con veinte amigos de tu grupo y quinientas setenta y ocho mil ciento diez admiradoras de tus poesías.

Reímos.

—Te he dicho cien millones de veces que no seas exagerada... —después de unos segundos agrego—: No pelearé —y aunque sonrío con ella, hablo muy en serio—, ¡no sé hacerlo!

—Pues bien —se acomoda en su asiento—, si organizas una guerra mundial no olvides invitarme. Por lo pronto quiero decirte algunas otras cosas —se pone seria—. Estoy triste porque en Sheccid no queda ni una sombra de lo que antes era. Quieren quitarle el cargo de jefa de grupo y con razón, incluso ha tenido diferencias con todos los maestros. ¡Ella! —hace un ademán como si eso fuese imposible—. ¡Ella, que siempre ha sido la más aplicada del salón!

—Es lógico si falta tanto —reflexiono—, pero ¿por qué?

—Hoy me decidí a hablar con ella. Cuando me acerqué la vi embobada leyendo un cuaderno negro.

—Le he prestado mi diario.

—¿Tu qué?

—Mi diario. ¿No sabes lo que es eso?

—Claro. Pues te aseguro que si es esa carpeta, no ha parado de leerla —hace una pausa y después de mirar unos segundos mi gesto alegre profiere—: Bueno, te contaré lo que me dijo.

—Ah, sí... Eres maravillosa.

—Me costó trabajo que hablara. Le eché en cara la desilusión que está causando a quienes antes la estimábamos. Le dije que estaba ganándose el desprecio de todos con su actitud.

—Sí, sí —la animo a seguir—, ¿y qué te contestó?

—Se soltó a llorar.

Me siento decaer. ¿Pero por qué?

Ariadne cierra los ojos y lo suelta todo de corrido, sin respirar, como si fuera la única forma en la que pudiera decirlo.

—Su familia se está destruyendo. Su madre es un poco esquizofrénica y su padre tiene una amante. Pretende llevarse a su hija a otro país y dejar al primogénito aquí. Las discusiones que han presenciado son terribles. Llenas de ofensas. No pelean por los bienes materiales sino por definir qué hijo se queda con cada quién. Sheccid ha enfermado con esa situación. Parece "ida" y se desmaya con frecuencia. Por eso no ha venido a la escuela.

Me quedo petrificado sin acabar de comprender el significado de todo lo que acabo de escuchar.

Mis problemas son demasiado grandes para... No quisiera inmiscuirte en asuntos desagradables.

Me tapo la cara con las manos y me siento consternado, desdichado. Entiendo por primera vez que el amor es sobre todo desear la felicidad del ser amado aunque eso implique no volverlo a ver...

Llegando a casa me enfrasco en la lectura de algunos libros sobre paternidad. Encuentro datos importantes. Tomo una hoja suelta y conmovido, tanto por el repentino entendimiento de lo afortunado que soy al contar con unos padres como los que tengo, como por la clara comprensión de la forma en que los progenitores pueden dañar con desavenencias y pleitos a sus hijos, comienzo a escribir.

Tengo las mejores intenciones de redactar una carta para Sheccid, pero las letras que salen de mi pluma están dirigidas a otro destinatario, a alguien muy querido a quien no conozco aún.

20
Ojalá no te hagan engordar

Miércoles 13 de noviembre.

No sé cuántos años transcurrirán antes de que formes parte de mi presente; sólo sé que cuando eso ocurra, comenzará la etapa más importante de mi vida, la etapa en la que convergerán mi preparación, mi madurez, mi inteligencia, mi voluntad: la etapa de ser padre...

Hijo:

Créeme, me gustaría mucho que vinieras al mundo y me brindaras la oportunidad de hacerte mi heredero.

Sé que nuestra convivencia estará llena de dificultades, tendrás que aprender a valorar el mundo adulto a través de mí y yo tendré que esforzarme por valorarte, por no olvidar lo que pensaba y sentía cuando tenía tu edad, por nunca cometer el terrible error de permitir que me pierdas la confianza.

Cuando seas pequeño tendrás muchas dudas. Quizá me hagas preguntas que yo, y nadie más, tendré que responderte. Seguramente algún día te cuestiones de dónde has venido. Cuando me lo preguntes habrá llegado el momento de pasar una dura prueba de criterio, pues tendré que demostrarte lo que siento como padre y lo que siente tu madre como madre, ya que esos sentimientos serán ni más ni menos el motivo de tu procedencia.

Antes de responder te sentaré en mis rodillas y te haré una pregunta:

—¿Sabes lo que es el amor?

Será interesante conocer lo que piensa mi propio hijo acerca del amor, porque creo que la forma en que un hijo vive el amor determina gran parte del éxito o el fracaso de su padre.

—¿Has pensado por qué soy tu papá y no lo es cualquier otro señor? Pues porque a ti y a mí nos une el amor —te diré des-pués procurando dejar bien claro ese argumento—. Un lazo de unión que nos hace necesitarnos mutuamente para poder vivir, que nos hace correr a abrazarnos fuertemente después de un día de trabajo, que nos hace preocuparnos el uno por el otro cuando estamos lejos, un lazo invaluable, ¿comprendes? A ti no te trajo una cigüeña ni naciste de ningún otro cuento absurdo. Naciste del amor. Del amor que nos une a tu madre y a mí, algo similar a lo que existe entre nosotros, ¿sí? Ella y yo nos amamos y vivimos siempre cerca, un día nos acercamos cuerpo a cuerpo y tú nacis-te de esa máxima unión física, naciste de ella y de mí, cada uno aportó algo de sí mismo para que tú pudieras existir.

Será fundamental hablarte del sexo para que desde pequeño se-pas que provienes de él y aprendas desde pequeño a respetarlo y valorarlo como el clímax del amor, del que tú mismo procedes y rechaces a todos aquellos que lo ensucian y envilecen.

Será hermoso compartir contigo la verdad, las experiencias que me han ido formando. Cuando seas mayor, dejaré que seas tú mismo; respaldaré tus decisiones aunque yo en tu lugar hubiere tomado otras. Permitiré que a tu modo consigas ser alguien mu-cho mejor que yo.

Sé que no será sencillo, pero pondré todo mi entendimiento en conseguirlo, en parte por ti, y en parte por retribuir a Dios los abuelos que tendrás y que, de una u otra forma, me heredaron las ideas y el carácter que, a mi vez, trataré de heredarte. Que trataremos tu madre y yo de heredarte...

Con amor y temblor,
muchos años antes de conocerte.
Tu papá.

Abro mi caja de ahorros y cuento hasta el último centavo. Luego voy con mamá y le pido, como favor especial, que me lleve a comprar un regalo para Sheccid. Ella se asombra, pero accede de inmediato.

Cuando vamos en el coche le comento:

—Tal vez no me alcance el dinero para un buen regalo.

—¿Qué quieres darle?

—No sé. Si por mí fuera le compraría lo más caro de la tienda.

Sonríe.

—Las cosas no valen por lo que cuestan en dinero.

—¿Entonces por qué valen?

—Tu abuelita tenía unos pétalos secos dentro de su Biblia. No valían nada pero eran su mayor tesoro. Cuando los perdió, lloró más que cuando le robaron la casa. A eso se llama *valor de afecto*. Hay algunas cosas que adquieren gran valor porque representan tu pasado, tus sentimientos o porque has puesto en ellas algo de ti: Intenciones nobles, creatividad, desvelos. Una obra artística original puede no valer nada para otros, pero para el autor es invaluable; a veces prefiere regalarla que venderla, puesto que no puede ponerle precio a algo así.

—Mi diario... —susurro pensando en su inestimable valor.

—¿Mande?

—Nada.

—Si esa chica es inteligente y te valora, no se fijará en el precio de lo que le regales, sino en la parte de ti que le estás dando con esa acción.

Llegamos a la tienda de autoservicio y elijo una caja de chocolates finísimos. No me alcanza para comprarlos pero mamá me completa.

De regreso le pregunto:

—¿Podría decirse que los ambiciosos valoran las cosas sólo por su precio en dinero?

—Sí. En la mitología griega, Dionosio le concedió al rey Midas un deseo y éste pidió que todo cuanto tocara se transformara en oro. Midas es el ejemplo perfecto del ambicioso sin medida. Tomó la hoja de un árbol y ésta se convirtió en oro puro. Se sintió feliz. Al llegar a su casa tuvo sed, pero el agua se transformó en oro al tocar sus labios. Tocó a su hija y se convirtió en oro. La codicia de Midas lo llevó a su ruina.

—Pero las cosas también valen por su precio.

—Claro. Se llama *valor material*. Un objeto tiene valor de afecto, valor material y valor de utilidad. El primero se mide en emoción, el segundo en dinero y el tercero en lo útil o inútil que es…

Llegando a casa escribo los conceptos de mi madre. No quiero que se me olviden. Antes de dormir me despido de ella con un abrazo de agradecimiento y cariño sincero. Es, no solamente la mujer que me dio el ser, sino la persona que sabe leer mi mirada, la que reconoce antes que nadie mis problemas, la que guarda su distancia cuando estoy aprendiendo a decidir, la que me deja sufrir las consecuencias de mis decisiones equivocadas, la que aparece en la madrugada y se sienta frente a mí, sólo para acompañarme.

Envuelvo los chocolates y les anexo una hoja doblada con un poema de Martín Galas Jr. :

Quiero ser en tu vida, algo más que un instante,

algo más que una sombra y algo más que un afán.

Quiero ser en ti misma una huella imborrable

y un recuerdo constante y una sola verdad.

Palpitar en tus rezos con temor de abandono.

Ser en todo y por todo complemento de ti.

Una sed infinita de caricias y besos,

pero no una costumbre de estar cerca de mí.

Quiero ser en tu vida, una pena de ausencia

y un dolor de distancia y una eterna amistad.

Algo más que una imagen y algo más que el ensueño

que venciendo caminos llega, pasa y se va...

Ser el llanto en tus ojos y en tus labios la risa,

ser el fin y el principio, la tiniebla y la luz

y la tierra y el cielo... y la vida y la muerte.

Ser igual que en mi vida has venido a ser tú...

Acaban las clases. Salimos del salón Rafael, Salvador y yo. El corazón me da un salto... allí viene *ella*... Está sola. Me separo de mis amigos.

—Hola —me planto frente a ella obstruyéndole el paso—, ¿te gustan los chocolates?

—Claro. ¿Ya no recuerdas los helados? —se saborea—, me fascina el chocolate.

Una voz de niña. Me gusta. No dudo en entregarle la bolsa.

—Toma, los compré para ti —por un instante nos contemplamos y agrego después con preocupación—; *ojalá no te hagan engordar.*

Rompe a reír y me observa, emocionada.

21
Eso es basura, tíralo por ahí

—Muchas gracias, pero vamos. Mis amigas me esperan.

Caminamos juntos. No sé qué decir, no se me ocurre nada, hasta que ella acaba con el silencio.

—¿A qué se debe este obsequio?

¿A qué se debe? No había pensado en eso, así que sólo digo la verdad.

—Quise dártelos... Una señal de aprecio —e intento agregar que cuando se ama a alguien a veces surge el deseo de regalarle algo, *por eso nada más*, porque se le ama, pero he perdido el habla, así que es todo hasta que ella vuelve a hacerse cargo.

—He leído casi todo tu diario.

—Ah ¿sí?

—Es extraordinario... No sé —escoge las palabras para explicarse mejor—, tus ideas son difíciles de encontrar en cualquier chico, y hasta en cualquier adulto; son muy valiosas y me gustan.

—¿De veras? —pregunto sonriendo.

—Sí... —piensa unos segundos y flemática lo echa todo a perder—, pero eso se debe, claro, a que escribes bien. Quienes nacen con ese don son capaces de expresar ideas bellas aunque no sean propias —chasquea la lengua—. En fin, sólo se necesita escribir bien —y corrige—: Haber nacido con ese don.

Una ira incomprensible se apodera de mí.

—¿No te parece? —pregunta.

—¡NO! —respondo con violencia—, por supuesto que no. Leo mucho. Casi un libro por semana, pero aunque he aprendido de autores y personas, lo que hay en ese diario son *ideas propias*. En la forma de escribir se refleja la manera de ser de las personas. Mi cerebro no está hueco como sugieres. No he nacido con ningún don; he escrito Sheccid, durante años —se desentiende caminando más rápido y bajando la cabeza—. Todos los días. Y te aseguro que al principio no sabía hacerlo, pero he aprendido porque han sido años de empuñar la pluma, de madurar las ideas y de seguir luchando con un valor y una tenacidad que no ha tenido ninguno, ¿me oyes?, ninguno de los necios haraganes que dicen que nací con ese don.

No hablamos nada más.

Llegamos con Camelia la larguirucha. Nos saludamos de mano.

—Te noto molesta.

—Me han dicho necia y haragana. Pero no importa. Oye, ¿Luis te devolvió a ti los apuntes de geografía que le presté?

Las chicas comienzan a platicar de otros asuntos. Me desconecto. Aún no puedo comprender por qué me ofendí tanto por su comentario... Y por qué la ofendí a ella. Me siento culpable pero no sé cómo arreglar las cosas.

—Voy a irme caminando hasta mi casa —comenta Sheccid—; dices que van a pasar por ti. ¿Podrías llevarte en el coche mis útiles? En la tarde voy por ellos a tu casa.

—Claro —contesta Camelia extendiendo la mano para recibir el gravoso morral—. ¿Y esa bolsa?

Sheccid titubea mirando los chocolates. Yo espero que conteste que en esa bolsa hay algo *de ella*, que no pesa y podrá llevársela sin problemas y casi... casi dice eso exactamente.

—Ah, pero qué descuidada. Toma. Gracias por lo que haces. No pesa, podrás llevártela con facilidad.

Al momento en que le entrega la bolsa, el papel doblado con el poema "Quiero ser en tu vida" se despega y cae al suelo. Camelia lo levanta y se lo tiende a Sheccid.

—¿Y esto?

Ella lo desdobla para echarle un rápido vistazo, luego lo arruga en un puño y se lo regresa a su amiga.

—*Eso es basura. Tíralo por ahí.*

Se aleja con un adiós general.

Al instante me doy la vuelta incrédulo, pasmado, agraviado al grado de no poder asimilarlo. Camino cabizbajo.

—¿Te vas y nos dejas? ¡Valiente conquistador de corazones!

Lo olvidaba. Mis amigos han estado esperándome. Querrán que les cuente lo que ocurrió para decir estupideces hasta morir de risa. Esta vez los ignoro. Si hablo con alguien sobre lo recién ocurrido tal vez me quiebre. Así que paso de frente diciendo que llevo prisa. Siento un malestar estomacal casi insoportable. Nunca he odiado a una chica como la odio ahora y la odio porque la he amado tanto... Es incomprensible.

Jueves, 14 de noviembre

Necesito escribirte lo que siento. Aunque sea en esta hoja suelta.

Cuando me dijiste que los chocolates te encantaban vi el interés en tu mirada. Un interés material. Como el de Midas. ¡Qué terrible decepción al ver caérsete la máscara!

¿También tú?

Muchos seres humanos se han convertido en expertos de falsedades, en ponerse disfraces para ocultar su verdadero yo. Mujeres que se meten en pantalones una talla menor para verse más voluptuosas, hombres que se endeudan por años comprado automóviles ostentosos para que los vecinos los envidien, señoras que hacen dieta quince días antes de la fiesta para que sus amigas les digan que están delgadas, gente que se cambia de apellido o nacionalidad porque se avergüenza de su procedencia, amantes que fingen sentimientos por interés material o carnal.

Los expertos de falsedades son superficiales, traicioneros, incapaces de apreciar la grandeza de las cosas pequeñas.

Hace algunos días escuché una reflexión bíblica al respecto: El que no es fiel en lo poco no lo será en lo mucho. Quien falla con las responsabilidades sencillas es inmerecedor de que se le confíen asuntos mayores. Quien administra mal dos centavos, despilfarrará los pesos. ¡Cuántos novios se casan pensando que su pareja cambiará con los años!, pero sólo el que es fiel en lo poco será capaz de responder cabalmente en lo mucho. Dijo el cura a quien le escuché decir esto que la garantía para prosperar, es vigilar los detalles. No hay mejor fórmula para la prosperidad. ¿Alguien desea ser feliz en su matrimonio? sea considerado en su noviazgo. ¿Alguien desea tener mucho dinero? cuide el poco que tiene. ¿Alguien desea crecer y trascender en el mundo? Ame y respete las cosas diminutas que hoy se le han confiado...

Cuando te vi aceptando con agrado el regalo para después arrugar la hoja del poema, me di cuenta de que eres maestra de la farsa. Si así tratas esa pequeñez, ¿cómo puedes merecer algo más grande? ¿Cómo tratarás mi corazón, mi alma? Es cierto que estabas ofendida por la forma en que contesté a tu primera agresión, pero no diste lugar a ninguna enmienda. De haber habido en ti el más mínimo deseo de conservar nuestra amistad, no hubieses llegado a esos extremos.

Princesa, el día que te presté mi diario te dije: "Mi vida entera. No sé si la merezcas pero te la entrego a ti". Hoy creo que me equivoqué.

Sheccid, no sabes cómo me duele.

Mañana te buscaré y acabaré con todo esto.

Viernes, 15 de noviembre.

En el descanso entre clases subo la escalera, decidido, y llego hasta la puerta del salón de Sheccid. Observo una gran algarabía. Los estudiantes bromean, caminan de un lado a otro. La veo. Charla con Adolfo. El tipo, bien peinado, mueve la cabeza al hablar en un gesto de falsa coquetería. Me planto en la puerta. Ella no voltea. El tiempo apremia pues su profesor llegará pronto. No tengo alternativa, entro al aula. Llego hasta la pareja y llamo a Sheccid tocándole un brazo. Se da la vuelta, sonríe. Se vuelve hacia Adolfo como pidiéndole permiso para irse, pero éste se me enfrenta.

—Ella está conmigo... Si quieres disputarla...

Me parece absurdo todo eso y a ella debe parecerle también, porque sale del aula. La sigo, mientras Adolfo murmura un insulto.

Una vez fuera me interroga con los ojos.

—He venido a hablar contigo.

—Ya veo, —sonríe como queriendo disculparse por la escena anterior y luego susurra—: Los chocolates están deliciosos; te lo agradezco mucho... ¿Se trata de eso?

—Ojalá fuera así.

—¿Entonces?

—¿Has terminado de leer mi diario?

—Me falta poco. Siempre lo llevo conmigo. He sabido valorarlo como me lo pediste.

—Ya me imagino, igual que el regalo que te di ayer.

—Amigo, perdóname. Estaba muy ofuscada. Últimamente no controlo mis reacciones. De verdad. Créeme. A los pocos minutos me arrepentí de lo que hice y regresé a buscar la hoja que arrugué.... *Quiero ser en tu vida una pena de ausencia y un dolor de distancia y una eterna amistad... Algo más que una imagen y algo más que el ensueño que venciendo caminos llega, pasa y se va...* Fue estupendo el regalo; te aseguro que nunca nadie se había portado así conmigo.

Me quedo quieto, mirando su extraordinaria belleza. Por un momento quiero perdonar todo, pero veo a Adolfo recargado en la puerta observándonos y abandono esa idea.

—Ya me cansé de tu doble personalidad... Dame mi libreta.

Adolfo se acerca y la toma del brazo.

—Ya es demasiado —la jala hacia atrás—, no me gusta que hables con desconocidos.

—¡Suéltame! —hace un movimiento brusco para liberarse—, ¡no tienes derecho alguno sobre mí!

Adolfo retrocede un par de pasos balbuceando cosas como "sí tengo", "claro que tengo" y se detiene cerca.

—¿Qué hay con él? —le pregunto.

Sheccid baja la cabeza. No responde.

—Nada... nada... *casi.*

—¡¿Qué?!

—Hoy me pidió que fuera su novia y acepté.

No indago más. No más. Le digo que olvide todo lo que le dije que sentía, que fue un error, que creí enamorarme de alguien que valía la pena, pero ahora me daba cuenta de que...

Se queda atónita y grito, esta vez inflexible, ¡que me entregue mi libreta!

—No la traje.

—Hace un momento me dijiste que la traías siempre contigo.

Levanta la cara y me mira con una contradictoria expresión de mártir, como implorando piedad.

—¡La quiero *ahora*! —puedo decir apenas, aparentando todavía un gran enfado, mejor dicho, ocultando aún el sufrimiento del daño atroz que me ha causado.

Se retira caminando con rapidez. Siento una opresión en el pecho mientras la observo entrar al salón. Después de unos segundos sale trayendo consigo mi carpeta negra. Me la alarga sin decir una sola palabra. Doy media vuelta y me alejo.

22
Vamos, ¡pártanse la cara!

No puedo prestar atención al resto de las clases. Estoy abstraído, temeroso, enfurecido.

La profesora Jennifer me observa con suspicacia durante el examen de redacción. Soy el último en entregar la prueba. Todos mis compañeros se han ido. Me pongo de pie para depositar sobre el escritorio mi hoja de preguntas con más de la mitad sin contestar.

—¿No estudiaste?

—Sí, maestra... Lo que pasa es que no me concentro.

—¿Qué te sucede? Has cambiado mucho. Cuando inició el año escolar tenía la esperanza de que serías el mejor alumno del mejor grupo... Así fue al principio y de pronto, en el concurso de declamación que creí ganarías, ¡ni siquiera te presentas! Comienzas a no prestar atención a las clases, olvidas las tareas, repruebas los exámenes... Me preocupas... ¿Qué tienes?

—Nada.

Va hacia mi lugar, se agacha para tomar del portapapeles mi cuaderno de redacción. Lo hojea. Encuentra, donde debería estar el apunte de la última clase, un poema de José Ángel Buesa.

Te digo adiós y acaso te quiero todavía.

Quizá no he de olvidarte, pero te digo adiós.

Este cariño triste, apasionado y loco

me lo sembré en el alma para quererte a ti.

No sé si te amé mucho, no sé si te amé poco,

pero sí sé que nunca volveré a amar así...

Me queda tu sonrisa dormida en tu recuerdo

y el corazón me dice que jamás te olvidaré,

pero al quedarme solo sabiendo que te pierdo

tal vez empiezo a amarte como jamás te amé.

Te digo adiós y acaso con esta despedida,

mi más hermoso sueño muera dentro de mí,

pero te digo adiós para toda la vida,

aunque toda la vida siga pensando en ti.

—Ahora entiendo...

Agacho la cara, sonrojado.

—No te avergüences.

—No —respondo—. Es que usted tiene razón.

—La chica a quien le escribiste este poema ¿es tu novia?

Muevo la cabeza negativamente. Comienzo a hablar muy bajo.

—Es una joven muy bella, pero su trato es tan difícil: a veces dulce y a veces cruel. Me estoy reponiendo del daño que me ha hecho, pero lo más terrible es que aún siento que la quiero.

La maestra sonríe enternecida por la inesperada confidencia.

—Te voy a contar una historia. Hace años en Estocolmo Suecia, iba a ser robado un banco, pero los ladrones tardaron demasiado y la policía rodeó el edificio dejándolos atrapados. Los asaltantes se negaron a entregarse y tuvieron como rehenes a clientes y empleados bancarios durante ciento treinta horas. Cuando finalmente la policía logró detener a los bandidos se encontró con una joven cajera que los defendía. La chica, durante el tiempo que estuvo encerrada, mitigó su desamparo con una dependencia infantil y terminó enamorada de uno de los ladrones. Esto se tipificó como un fenómeno psicológico que se llamó *Síndrome de Estocolmo*. Cuando alguien hace daño a una persona del sexo opuesto, el agredido puede reaccionar justificando al agresor, aliándose con él, obedeciéndolo y hasta enamorándose... Esto les ocurre a muchas mujeres golpeadas... Absurdamente aman a su verdugo. A los jóvenes mal correspondidos les sucede algo similar: cuanto más son lastimados y despreciados más aman a la persona que los daña. Pero el amor se da sólo entre dos, ¿me oyes? Para conformar una molécula de agua se requiere hidrógeno y oxígeno. Dos elementos. Dos. Si aportas mucho hidrógeno, por más que lo desees, no se convierte en agua, y si te empeñas en ver líquido donde sólo existe gas, estarás flotando en sueños imaginarios y reprobarás todos los exámenes...

Le doy las gracias casi en un susurro. Ella me abraza con cariño.

—El próximo examen será diferente.

—De acuerdo.

Salgo de la escuela respirando nuevas esperanzas. Camino hacia la cafetería exterior. Me siento en la barra y ordeno un refresco. Todavía no me sirven la bebida cuando alguien me toma del brazo. Volteo. Es Camelia. Su rostro está pálido y su voz suena desesperada.

—Ven. Quiero que veas esto. Ven.

La sigo. Mi banco cae al piso con un escándalo metálico. Regreso a levantarlo y salgo detrás de la chica.

—¿Qué ocurre?

—Sheccid se encuentra en apuros.

—Ah. No me interesa.

Ignora mi respuesta. Señala a la derecha:

—Adolfo se ha aprovechado de su situación. Se enteró de que algo andaba mal con ella y no perdió tiempo. Supo actuar —casi me está echando en cara que yo no supe—. Pero ella no lo quiere y... —se desespera—, ¡tienes que ayudarla!

La pareja se halla un poco lejos, pero el lugar está tan calmado que puedo oír todo lo que dicen. Pongo atención y sin querer, sin darme cuenta casi, empiezo a caminar hacia ellos.

—¡Déjame! ¡No quiero nada de ti!

—Esta mañana dijiste que querías y ninguna mujer juega conmigo. ¿Estamos? ¡¿Estamos?!

—Pues me equivoqué. Sabes que no quiero y que nunca he querido.

—¡Eres una desgraciada! —la toma con fuerza de un brazo y hace el ademán de que le va a pegar.

—Déjame o te saldrá caro —dice casi llorando—, te lo advierto, Adolfo.

Me sigo acercando.

—¿Qué es lo que me saldrá caro idiota? ¡Dímelo! —la jalonea—. ¡Dímelo! ¿Me amenazas con echarme al ratón de biblioteca?

Sheccid se suelta a llorar.

—Déjame, por favor.

—¿Qué me vas a hacer? ¡Responde!

—Por favor... —y llora; llora de una forma que me despierta de la parálisis. La cólera me había inmovilizado. La defendería aunque fuera cualquier mujer, aunque no fuera quien es.

Salgo del pasmo. Me doy prisa en llegar a ellos. Él la tiene asida del brazo con tanta fuerza que su nívea piel se dibuja un moretón incipiente. Cuando me ve, la suelta y ella se aleja, llorando.

—¡Con que ha llegado el defen..! —y su frase es cortada por mi empujón. Se va hacia atrás tropezando con su mochila.

Respiro violentamente, Adolfo en el suelo me mira con ojos desorbitados e inyectados de furia; parece dispuesto a matarme, se pone de pie y me alerto al verlo abalanzarse sobre mí con un alarido. Seguramente es más fuerte y experimentado que yo para pelear, pero yo soy velocista en el ciclismo y eso me permite moverme con mucho más agilidad, así que esquivo su golpe con un salto y abro los brazos para prevenir la siguiente agresión. Mi rival adopta una exagerada guardia de karateca y da un brinco proyectando sus pies hacia adelante en una extraña caricatura de patada voladora. No tengo ninguna dificultad para esquivarlo nuevamente. Cae como un fardo.

Los curiosos nos han rodeado y gritan incitándonos.

—*Vamos, ¡pártanse la cara!*

Adolfo estira una pierna, con un movimiento en arco me dobla las rodillas y me hace caer también. Los dos ya en el suelo. Me alcanza y trata de cogerme de los cabellos. Interpongo mis manos empujándole la cabeza. Rodamos hasta una jardinera de tierra negra. Me aprieta las mejillas e intenta introducirme los dedos en mis ojos. Me sacudo y giro haciéndolo quedar boca arriba. Con el puño cerrado comienza a golpearme el rostro. Lo abrazo tratando de inmovilizarlo, pero sigue debatiéndose como una fiera incontrolada. Me da un cabezazo. Lo suelto y me separo. Toma en sus manos un puño de tierra y lo restriega en mis rostro dejándome totalmente ciego. Me froto los párpados y trato de abrir los ojos. No lo consigo. Quiero ponerme de pie, pero me detiene. Escucho gritos a mi alrededor, previniéndome de la feroz acometida. De repente su puño se estrella sobre mi quijada, como una plancha de hierro que me revienta la boca. Me voy hacia atrás. Aprieto los párpados.

Adolfo se pone de pie, da una vuelta alrededor de mí y luego se sienta a un lado con los brazos cruzados, ostentando que tiene todo bajo control. Ríe, dándose tiempo para acabar conmigo. Estoy perdido. Aprovechará mi ceguera para golpearme hasta dejarme inconsciente. Hago un esfuerzo por abrir los ojos. Difícilmente distingo colores y sombras. El pánico se apodera de mí. Más por instinto que por sana estrategia me pongo de pie de un salto. Mi contrincante no alcanza a creer que en la precaria situación en que me encuentro pueda moverme tan rápido, así que lo tomo desprevenido. Sin pensarlo dos veces lanzo una feroz patada al bulto que distingo frente a mí. Escucho un gemido y una maldición. Aún ignoro hasta qué punto lo he herido, así que asesto un nuevo puntapié. Adolfo se desploma y comienza a revolcarse en el piso. Poco a poco recupero la visión. Ha quedado fuera de combate.

—¡*Muy bien!*—me grita la plebe—, *sigue pateándolo. Le has roto el tabique nasal, es tuyo. ¡Acábalo!*

No hago caso. Miro a mi alrededor... Casi puedo ver con claridad, aunque percibo aún la presencia de múltiples piedrecillas.

Salgo del círculo y me alejo con rapidez. Llego hasta mi portafolios y veo el coche de mamá que me espera. Ella me ve subir al auto y me interroga asustadísima. Coge un pañuelo y me limpia la sangre que resbala por mi barba. ¡Pero qué me ha pasado!

—¡No me digas que eras tú el que peleaba!, pero ¿por qué? ¡Qué te han hecho..!

Comienzo a hablar sin hilvanar bien mis ideas. Le hablo de mi diario, de la caja de chocolates, de Sheccid, de sus reacciones extrañas, de Adolfo, de la maestra Jennifer. Después de todo, si no me desahogo ahora, entonces ¿cuándo lo haré?

23
Defendí a una chica

Mi madre me lleva directo al médico. Tengo una cortada profunda en el labio superior. Me hacen dolorosas curaciones.

Esa noche, a la hora de la cena, nadie habla. Tengo la cara hinchada y mi padre espera que le explique, pero no me fuerza.

Empiezo despacio, como buscando la forma de hablar de otro tema.

—Mi tío Raúl es un hombre apuesto —argumento—. A todos engaña con su fina apariencia, pero más de una vez hemos visto a mis primos golpeados por él.

Papá me observa con una mirada de lince.

—Continúa.

—Recuerdo que hace unos meses vimos con mi tío Raúl y con mis primos una película sobre terroristas. Trataba de un avión secuestrado. Los raptores exigían la liberación de unos presos políticos y mataban a sangre fría un rehén cada hora. ¿Se acuerdan? —me dirijo a mis hermanos—. El tío Raúl se mostró indignado de tanta brutalidad. Exclamó a grandes voces que semejantes asesinos no tenían perdón, pero después comentamos que él daña tanto a los suyos como los terroristas de la película. Es un cobarde que maltrata a su familia aunque, al mismo tiempo, es benefactor de asilos y orfanatos.

En la cocina continua el silencio de expectación. Mis tres hermanos menores están atentos. Nadie se explica por qué me he puesto a recordar uno de los problemas más tristes de la familia.

—A tu tío le cuesta trabajo ser paciente y bondadoso en su casa —comenta mi padre siguiendo el juego—, pero no se le dificulta ser misericordioso con la gente de la calle. Eso se llama tener *doble moral...*

—Doble...—murmura mi hermana Pilar dejando el término a medias.

—Sí. A ver. ¿Cuáles creen ustedes que son las conductas destructivas en las que un ser humano puede incurrir?

No entendemos la pregunta, así que mamá nos ayuda:

—Drogas, pornografía, sexo ilícito, gula, soberbia, agresión familiar, crímenes, violencia...

—Muy bien —prosigue papá—. Podemos enumerar la faltas del ser humano y al final nos daremos cuenta que cada persona es vulnerable sólo a algunos puntos. La *doble moral* consiste en esconder nuestros aspectos reprobables y presumir lo que hacemos bien. Así, a Raúl se le da con facilidad el ser caritativo con la gente de la calle; ¿está mal? Por supuesto que no. ¿Debe dejar de hacerlo? No.

—Pero tiene el defecto de ser impaciente y agresivo con sus seres queridos.

—Exacto. Es su *doble moral.* Quien es fiel a su pareja sermoneará a otros sobre fidelidad pero tal vez tomará alcohol. El que sienta rechazo físico por el licor quizá sea infiel pero, eso sí, moralizará sobre sobriedad. El deportista tramposo dará cursos sobre hábitos de salud, la modelo sexualmente liviana presumirá sobre dietética... Todos hablarán de lo que se les facilita y callarán lo que se les dificulta.

Mi hermanito susurra:

—El mundo es una porquería.

Su comentario nos hace reír a todos.

—No, hijo —dice papá—. La vida te enseña que la doble moral lleva a la ruina. Tarde o temprano el que toma mucho alcohol, es adúltero o hace negocios sucios, tiene que detenerse por su propio bien y el de sus seres queridos.

—Qué interesante —comento como tratando de alargar el tema, pero mi padre no está dispuesto a dejarse marear.

—¿Qué te pasó en el labio?

Tardo en contestar. Todos saben que ya no puedo evadirme.

—Me peleé.

—¿Con quién?

—Con un tipo de doble moral. Atractivo, elegante, jactancioso, pero cobarde, traicionero, ofensor de mujeres.... *Defendí a una chica...*

Me observa unos segundos con preocupación.

—Dime una cosa. ¿El problema ya se terminó?

—Bueno, no sé... Yo le pegué más fuerte que él a mí.

—¿Y?

—Es un pandillero. Tal vez le diga a sus amigos.

Papá mueve la cabeza y toma una decisión.

—El lunes iré a la escuela y hablaré con el director.

—No... Déjame resolver este problema solo. Esta vez no se trata del promotor pornográfico, sino de un compañero de mi edad...

—Lo siento, hijo. Tengo que intervenir antes de que te vayan a lastimar.

Quizá en el fondo es lo mejor y lo reconozco, pero no estoy dispuesto a permitir que eso se repita en mi vida.

—Cuando era niño —hablo indeciso, como dudando si debo o no decirlo—, mis compañeros me pegaban, robaban mis cosas y me intimidaban en todo momento —poco a poco adquiero seguridad—. Entonces tú ibas a la escuela y los reprendías, les infundías temor o les dabas algo, dinero, cualquier cosa, para que no me molestaran más; yo nunca aprendí a defenderme, había alguien que lo hacía por mí... siempre estabas tú.

—Esos chicos eran mucho más grandes; recuérdalo.

—Sí, pero si me hubieses dicho que no querías volver a ver que me golpearan, tal vez hubiese visto la necesidad de hacer algo por mí mismo, y me hubiese sido difícil, porque eran más grandes, pero al menos hubiese intentado aprender a ser como todos mis compañeros. Sufrí mucho por ser siempre el protegido.

En la mesa todos están en silencio. Mis padres meditan y yo *por fin* lo he dicho, y fue mucho más fácil de lo que pensé.

—A veces me pongo en tu lugar, papá, y te comprendo, pero pienso que los padres deben ser fuertes y permitir que los hijos caminen por sí mismos, dejándolos caerse y levantarse. Porque yo sufrí después. Me costó mucho trabajo ubicarme cuando ya no estaba en edad de que me defendieras. Siempre he sido apocado. Ahora estoy cambiando.

Una mosca vuela desde el techo hasta posarse en un pan dulce. Todos la vemos, pero nadie se mueve para espantarla.

—Lo de hoy fue sólo una pequeña pelea —continúo—. Todo ocurrió muy rápido... y quizá tenga que enfrentarme a problemas peores. Confía en mí. Trataré de esquivar las riñas... Si no lo consigo, tal vez pelee otra vez y me hagan daño y se arme un verdadero lío, pero al menos habré enfrentado a los malvados que me amedrentan, habré perdido el miedo a vivir, a ser hombre y a defender lo que amo y quiero... No sé si piensen que vale la pena... —mamá tiene los ojos nublados y se limpia una lágrima que corre por su mejilla—. Confíen en mí porque yo estoy empezando a hacerlo.

Liliana también trata en vano de reprimir las lágrimas. Papá, lleno de preocupación, murmura con seriedad que confía en mí.

Terminamos de cenar y comenzamos en silencio a recoger entre todos la cocina. En mi interior tengo miedo también. Sé que me espera algo muy duro de vivir, pero estoy decidido.

En ese momento suena el timbre de la casa. Todos nos quedamos quietos. Vemos el reloj de pared. ¿Quién podrá visitarnos en viernes a estas horas de la noche? Papá toma el interfón y pregunta con voz enérgica:

—¿Quién es?

Le contestan del otro lado.

Asiente y cuelga la bocina muy despacio.

—Es la policía. Viene a avisarnos que encontraron al chofer del coche rojo... y... a tu amigo Mario.

24
No temo enfrentarme a un gallinero

Es sábado. Muy temprano llamo por teléfono a Salvador y a Rafael para pedirles que me acompañen a visitar a Mario. No lo dudan. Mientras espero a mis compañeros, paso en limpio algunas frases de Emerson para obsequiarle la hoja a Mario.

EL HOMBRE SUPERIOR

1.- Suceda lo que suceda siempre se mantiene inquebrantable.

2.- No desprecia nada en el mundo excepto la falsedad y la bajeza.

3.- No siente por los poderosos ni envidia ni admiración ni miedo.

4.- No ofende ni hace mal a nadie voluntariamente.

5.- No desea lo de otros ni presume lo que tiene.

6.- Es humilde en la grandeza como es fuerte en la adversidad.

7.-Es rápido y firme en sus decisiones, exacto en sus compromisos.

8.-No cree en nadie precipitadamente. Considera primero cuál es el propósito de quien habla.

9.-*Hace bien sin fijarse ni acordarse a quién lo hace.*

10.-*No le conserva rencor a nadie.*

Llegamos al hospital.

Lo primero que vemos es una anciana cansada y ojerosa haciendo guardia afuera de la habitación de nuestro compañero. La saludo de mano pero ella me abraza y se suelta a llorar.

—Mario no quiere hablarme —susurra entre gemidos—, ha cambiado mucho.

Mis amigos y yo intercambiamos miradas de temor.

—El... —pregunta Salvador titubeante— ¿iba manejando el coche rojo cuando sucedió el accidente?

—No. El secuestrador lo hacía. Iba ebrio. La policía lo detuvo. No le pasó nada al infeliz. Una muchachita de dieciséis años murió. Mi hijo se fracturó la cadera. El auto quedó desecho.

—¿Podemos entrar a verlo?

—Háganlo. Por favor. Tal vez a ustedes les platique algo de lo que le pasó durante todos estos meses. Ah, y si alguno trae cigarrillos, no le den por favor.

Entramos con precaución a la habitación de Mario.

En efecto, nuestro amigo ha cambiado. Parece otro. Tiene el cabello muy largo, está sucio, se ve mayor de edad. Dormita. Al oír pisadas en la habitación abre los ojos. Nos reconoce.

—Hola... —le digo—, ¿cómo te sientes?

Su voz suena gutural y pastosa.

—Ellos tuvieron la culpa... Los frenos del coche. Mi madre, a su manera, es culpable también. ¿Por qué no me acompañaste? Tú también eres culpable.

Rafael y Salvador me voltean a ver con la boca abierta. ¿Qué le ocurre a Mario? Comprendo al verlo que una persona puede quedarse sin dinero, sin empleo, sin amigos, sin salud, pero nunca se quedará sin alguien a quién echarle la culpa.

—Denme un cigarro —ordena de repente.

Le contestamos que no traemos y se molesta.

—En este maldito lugar nadie quiere darme un cigarro.

—¿Qué te hicieron? —pregunta Rafael—. ¿A dónde te llevaron? ¿Te obligaron a... algo? ¿Te dieron droga?

—Si supieran... —murmura con la vista perdida en un gesto de desamparo—. Yo no tuve la culpa... Lo hice por curiosidad. Con un demonio, ¿no tienen un cigarro?

Está desesperado por una bocanada de tabaco. Le doy la hoja con el decálogo del Hombre superior y nos despedimos de él prometiéndole que volveremos a verlo mañana.

Mis amigos y yo, después de la visita discutimos mucho al respecto. Estamos impresionados por la metamorfosis de Mario. Hablamos de lo fácil que es perder el camino si no se cuenta con un código de valores y metas claras. Llegamos a la conclusión de que muchos compañeros tienen una idea equivocada de lo que es crecer. Piensan que para ser mayores deben saber de sexo y practicarlo, tomar alcohol, parrandear y fumar. Hay chicas de quince años que hacen esfuerzos sobrehumanos para meterse al pulmón sus primeras fuma-radas. Las bobas cruzan la pierna y toman el cigarrillo entre los dedos levantándolo y luciendo una falsa sensualidad. Creen que escupiendo humo y oliendo a cenicero lucen más provocativas y maduras. Todos quieren ser lo que no son y miles de muchachos de carácter débil se dejan manejar por la publicidad y por los mayores viciosos.

Me cuesta mucho trabajo dormir esa noche.

El domingo volvemos a reunirnos en el hospital. Mario está dormido. No podemos hablar con él. Sin embargo, la visita resulta interesante, pues Salvador nos comparte, a Rafael y a mí, copias de un artículo que encontró en un libro de su casa. Los tres, después de leerlo, nos prometemos que jamás fumaremos un solo cigarrillo.

Llegando a casa, copio el documento en mi libreta.

LOS HÁBITOS

Las personas son lo que son sus hábitos. Para conocer el retrato exacto de alguien, basta con hacer una lista detallada de sus hábitos: Costumbres de alimentación, deporte, vicios, pasatiempos.

Un hábito es el modo especial de proceder adquirido por repetición de actos iguales o por imitación de conductas similares.

La sociedad de psicología racional de Munich[1] ha determinado, por ejemplo, que quien acostumbra ver dos horas diarias de televisión, se convierte en un televidente crónico; ante la falta de televisión, al sujeto le sobreviene un claro síndrome de abstinencia: se torna irritable, nervioso e impaciente. La televisión es un hábito destructivo. Roba a los jóvenes la creatividad, la imaginación y la iniciativa.

Otro de los hábitos más nocivos en los jóvenes es el consumo de alcohol y tabaco. Con frecuencia quienes lo adquieren escalan a situaciones graves.

Por ejemplo, el cigarro, la droga permitida que es en apariencia menos dañina, produce una adicción extrema. Esto se debe a que la nicotina tarda, una vez inhalada, de dos a tres segundos en llegar al cerebro. Por el efecto de la droga, el cerebro libera acetilcolina: neurotransmisores que estimulan la agudeza mental y física. Si se continúa fumando, en unos minutos se producen endorfinas beta que inhiben el sistema nervioso. Por eso el cigarro ocasiona ese extraño doble efecto estimulante y relajante a la vez. Hoy se sabe que dos tercios de los adolescentes que prueban el cigarro se vuelven adictos a la nicotina.

---

1 *ABC´s of the human mind*, The Reader´s Digest Association Inc. Alma Martínez Armenta. El Nacional, *31 de mayo de 1996.*

La adición al tabaco es una epidemia mundial que no es causada por virus o bacteria alguna. El Director del Instituto Nacional de Enfermedades Respiratorias[2] indicó que el tabaco ocasiona que los dientes se vuelvan amarillos, lo mismo que los dedos y fosas nasales; se adquiere olor y aliento desagradable, la piel pierde su frescura, aparecen arrugas prematuras y se afecta el rendimiento físico. Después de algunos años aumenta la presión sanguínea y el ritmo cardiaco. Todo lo anterior da pie a enfermedades crónico-degenerativas como enfisema pulmonar, oclusión arterial, padecimientos metabólicos, alteraciones digestivas, alteraciones del sistema nervioso y de los músculos, influenza, neumonía, infartos, cáncer de pulmón, vejiga, cérvix, páncreas, esófago y boca. Además estudios recientes afirman que la nicotina produce más adicción que el alcohol, la cocaína y la heroína. Por eso, los mítines más sangrientos en las cárceles han ocurrido cuando se ha restringido el uso del cigarro.

El cuadro anterior motiva a un gran reto para todos los fumadores: Dejar ese veneno de una vez y para siempre. De la misma forma, suscita una aseveración directa para el joven que aun no fuma: sólo siendo un estúpido inconsciente se puede comenzar a hacerlo sabiendo lo malo que es. Declárale la guerra al tabaco. Atrévete a ser distinto. No fumes sólo por que tus padres, tus hermanos o tus amigos lo hacen. Distínguete por un criterio mejor encaminado a ser una persona sana, próspera y fuerte… grábalo con letras de fuego en tu corazón: "No fumaré jamás ni me dejaré llevar por hábitos destructivos; elegiré adecuadamente a mis amigos porque, al final, seré el reflejo de los hábitos que aprendí y adopte de ellos."

Lunes 18 de noviembre

7:00 A.M. Llego a la escuela. Camino rumbo a mi aula. Escucho ruidos, gritos, mi nombre, ¿mi nombre? Sí, mi nombre.

---

2 Reportaje de Alma Martínez Armenta, en el periódico *El Nacional*, 31 de mayo de 1996

Lo ha dicho un tipejo de segundo con peinado descabellado. Se acerca. Adopto una postura segura. Es amigo de Adolfo.

—Soy amigo de Adolfo —es un zopenco además.

—No quiero saber nada de ese gallina.

—A la hora de salida. Si ese gallina no te mata, lo haré yo.

—Magnífico.

—Y si no lo hago yo lo hará otro... Desde ayer en la tarde nos organizamos para darte una leccioncita —da un paso atrás—. Con que nos veremos.

—Nos veremos —respondo y alzo la voz—: Pero *no temo enfrentarme a un gallinero*.

El sujeto de copete voladizo sigue su camino sin dar importancia a mi alusión avícola que lo incluye a él.

No debí retarlo, pero lo he hecho y ahora tengo que atenerme a las consecuencias. Atenerme o prepararme...

25
Son los lomeros

7:20 A.M. La profesora de Biología no vendrá. Tenemos permiso para jugar en la cancha de basquetbol. Beatriz se pone al frente para organizar los equipos. Yo escucho, pero no atiendo. Estoy nervioso. Me pongo de pie y voy hacia la jefa de grupo. Algunos me gritan que me siente. Le hablo al oído en tanto se forma un alboroto. Me quedo a su lado y ella rehace el silencio con su imponente voz.

—Muchachos. Nuestro compañero quiere decirnos algo. Les pido que guarden silencio —se apagan poco a poco los rumores—. ¿Les parece si posponemos el juego?

Bety se sienta. Toso.

—Pues sí... es difícil explicar... pero, bueno —me encojo de hombros—, tengo algunos problemas serios. No he encontrado mejor medio que éste para tratar de solucionarlos —las ideas me vienen una y otra por fin—, porque son ustedes los que están más cerca de ellos y además, porque, bueno, pues no podría confiar en nadie más... —Aplausos. Silencio. Continúo—. ¿Alguno se quedó en la cafetería después del examen de redacción ayer?

Voltean a verse unos a otros. ¿Nadie lo hizo? Roy "Chiquilín" (que mide dos metros de estatura), el compañero de procedencia más humilde del grupo, se pone de pie.

—Yo estuve allí.

—¿Y viste lo que ocurrió?

—Sí. Y sé lo que ocurrirá hoy —habla lento y con torpeza—. El tipo con el que peleaste es un pandillero. No creo que se quede conforme con la nariz rota.

Se oyen murmullos y voces de sorpresa.

—¿Le rompiste la nariz? —pregunta Marina como si no creyera que yo hubiese sido capaz... Yo tampoco lo creo.

—Hubiera... —empiezo sin saber por dónde empezar—, hubiera querido que nada ocurriera —relato deshilvanado—, pero Adolfo apretaba por los brazos a Sheccid. Ella no quería algo... y él la maltrataba, le gritaba, la insultaba —me detengo asombrado de mi repentina poca facilidad de palabra—, sé que cualquiera de ustedes la habría defendido —vuelvo a toser; tomo aire—. Esta mañana uno de sus amigos me detuvo y me amenazó... Dijo que ayer en la tarde se organizaron para darme una paliza entre todos.

Mis compañeros están petrificados. Tardan unos segundos en salir del éxtasis. Es Jaqueline quien dice:

—Quizá sólo quiso asustarte.

—No lo creo.

—Ni yo... —Leticia se pone de pie—, conozco a Adolfo. Mi hermano pertenece a su pandilla. Andan en la calle hasta muy altas horas de la noche. Varios de ellos estudian en esta escuela, pero la mayoría no. Son vagos. Muchos.

El gesto de Beatriz deja translucir ideas conservadoras. Avisar a las autoridades de la escuela en primer lugar. Lo propone y discuto con ella.

—No sabemos si la amenaza es real. Yo sólo quiero el apoyo de ustedes. Me ayudaría mucho sentir que están conmigo.

La sesión termina y me pregunto si esto servirá de algo hoy a las dos de la tarde. Quizá no. Pero al menos ya no soy el único preocupado.

11:10 A.M. Se acercan a nosotros varios compañeros de otros grupos. Forman un círculo alrededor de la mesa de la biblioteca en que nos hallamos Salvador, Rafael y yo.

—La noticia ha corrido por toda la escuela —dice uno—. Supimos que va a haber una golpiza.

—Supieron bien.

—Y supimos —dice otro—, que ellos son muchos.

—Y nosotros también —aclara otro con gesto amanerado.

Lo miro incrédulo de que, con esos ademanes, quiera apuntarse para defenderme.

—No te preocupes, la pelea será justa. Sólo entre tú y él, nadie más se meterá. Por eso iremos contigo, ¿te parece?

Asiento. Me parece... que ésa será la única salida.

—Además estamos seguros de que puedes ganar —dice el afeminado.

Todos ríen. No me equivoqué. Los valentones son unos cobardes.

—Saldremos todos juntos, para cuidar que nadie te provoque y luego queremos verte golpearlo muy duro, como ayer.

Entiendo. Quieren ver sangre. Me ofrecen protección a los lados, un cuadrilátero amplio y nada más. No debo hacerles caso.

—Eso haremos, —me pongo de pie y salgo de la biblioteca con mis dos amigos.

—¿Eso haremos?

—Espero que no.

12:20 P.M. Me acerco a conversar con Roy "Chiquilín". A pesar de ser un buen estudiante, todos sabemos que radica en un barrio humilde y varias veces ha estado en medio de pleitos callejeros.

—¿Qué piensas de todo esto? —pregunto nervioso.

—Pienso que estás en serios problemas. He investigado algunas cosas con los tipos del segundo E.

—¿Ah sí?, ¿qué cosas?

—Supe que Leticia tenía razón. Ese Adolfo es amigo de *los lomeros*. Tipos muy agresivos.

Esta vez el conflicto se me presenta más real y cercano que nunca. Me quedo.

—Pero yo también tengo amigos en mi colonia. Ya telefoneé a uno de ellos para que trate de juntar a los más que pueda y vengan a apoyarnos.

—E... ¿era necesario?

—Claro, ¿nunca te has preguntado cómo es que yo formo parte del grupo experimental de alumnos especiales? Tú sabes que no cuento con mis padres para estudiar, sabes que no tengo dinero y que vivo en un ambiente difícil. Me ha costado mucho trabajo llegar hasta aquí y créeme, no deseo tener problemas en la escuela... Pero viendo la situación en que te encuentras, no hay nadie que pueda ayudarte.

—¿Por qué vas a tomar ese riesgo?

Se encoge de hombros.

—En nuestro grupo somos un equipo ¿no? Estoy seguro que tú también me ayudarías... Sólo voy a esperar unos minutos para ratificar ciertas cosas. Si mis sospechas son ciertas hablaré por teléfono otra vez para confirmar a mis amigos que deben venir. De preferencia armados...

1:10 P.M. Hora de salida para media escuela. Doscientos cincuenta alumnos pasan por la reja haciendo alboroto, suben la larga calle empinada, invaden la cafetería, la papelería, el estacionamiento y se detienen todos echando al suelo sus porquerías. Se detienen. ¿Qué esperan? ¡Es hora de irse a casa! Los veo desde la ventana. Una gran masa de alumnos esperando... Ignorantes de que cuanto se avecina quizá no sólo me ponga en peligro a mí sino a todos los mirones...

¡Un momento! Acerco mi cara al cristal de la ventana. Una camioneta pick up cargada de hombres se detiene enfrente.

La profesora de Inglés comienza la lección. Será la clase más larga de mi vida. Me pongo de pie para cerrar la puerta. La sangre se me hiela. Vuelvo a mi lugar. Agacho la cabeza. La clase será una eterna muerte para mí, ahora que he visto a Roy "Chiquilín" hablando por el teléfono que está en las oficinas.

1:45 P.M. La profesora de Inglés está enfurecida. Sale del recinto dando un portazo, sin despedirse. No es para menos. Nadie pudo poner atención durante la clase.

Salgo del aula. Camino con toda calma. Veo el solar invadido de compañeros que me aguardan. No puedo imaginar cómo terminará todo esto.

Ariadne viene por el pasillo, de frente a mí. Nos encontramos y nos detenemos cara a cara. Es agradable hallarla en este trance. Sonrío. Ella no lo hace. Primero conduce sus manos a mi camisa, las desliza cariñosamente haciéndolas llegar hasta el cuello. Lo arregla y susurra apenas tres palabras:

—No pelearás ¿verdad?

—Yo quisiera no hacerlo.

—Pues no lo hagas, si tú no quieres no habrá nada en el mundo que pueda hacerte pelear.

—Ojalá fuera así.

—Lo es. No es valiente el que pelea sino el que sabe evadir el peligro innecesario. Adolfo no puede golpearte si no te defiendes.

—¿Realmente lo crees?

—Prométeme que no harás nada para aumentar esto.

Se escuchan gritos afuera. La gente se está impacientando.

—¿Aumentarlo más Ariadne? ¿Más?

—No debes responder a sus insultos. Esta vez es peligroso.

—Estoy de acuerdo y necesito que estés conmigo cuando pase todo hoy...

—Lo estaré, te lo prometí ¿recuerdas?

—Sí. Me dijiste que si decidía organizar una contienda no olvidara llamarte para unirte a mi ejército. Pronosticaste una guerra mundial.

—Lo ves... todo está pasando, yo cumpliré mi promesa, pero cumple tú con la tuya. No pelearás —sonríe—, no sabes hacerlo ¿eh?

1:50 P.M. Las puertas de todas las aulas se abren. Una por una. Salen de dentro muchachos corriendo. Al verme de pie todavía en el patio, dentro de la escuela, aminoran la marcha y comienzan a vigilar mis movimientos. No sé que esperamos para salir. Tal vez a "Chiquilín", quien se ha hecho cargo de dirigir esto y no sabemos adonde ha ido.

1:54 P.M. Roy "Chiquilín" viene de afuera. Entra. Le pide permiso al prefecto quien está exasperado porque los alumnos del turno matutino no quieren salir y los del vespertino no quieren entrar.

—Ya han llegado. Es hora...

Ariadne no se ha separado de mí. Rafael, Salvador, Ricardo y otros compañeros nos rodean. Roy sigue hablando:

—Estuve fuera. *Son los lomeros.*

—¿Quiénes? —pregunta Ariadne.

—Los lomeros —repite Roy—. Gente mala —se dirige a mí—. Yo no sé lo que tú pienses, amigo. Si estás dispuesto a pelear, te protegemos y apoyamos, pero si prefieres eludirlo, mejor. No es la primera vez que he estado en un pleito con éstos y las consecuencias nunca han sido buenas. Así que piensa las cosas antes de hacerlas, porque lo que hagamos nosotros depende de lo que tú hagas.

Asiento.

—Bien, es hora de salir.

1:59 P.M. Justo nos disponemos a reanudar la marcha cuando vemos salir a Sheccid. Corre. Se interpone en mi camino.

—Por favor, no vayas a pelear... —Se ve muy angustiada, no puede creer que todo lo que todo esto lo haya ocasionado ella—. Te lo suplico —insiste hablando deshilvanadamente—. No te rebajes a la altura de ese tipo. Perdóname... Ayúdame... No dejes que el concepto que tengo de ti cambie.

—Vamos ya —interviene Roy—. Luego hablas con ella.

26
Es una zorra

2:00 P. M. Terminamos de recorrer la calle angosta. En la esquina, la papelería ha cerrado sus puertas. No es la primera vez que saben de una pelea callejera, pero nunca han visto una de estas dimensiones.

Adolfo aparece de pronto; se para frente a mí, acompañado de sus amigos. Son quizá unos treinta. Vienen bien armados, lo suficiente para acabar con todos nosotros sin usar las manos.

—¿Estás listo?

—No voy a pelear.

—¿Ah, no? Entonces me va a resultar más fácil romperte algunos huesos. De ésta no te salvas ¿me oyes?

—¡Quítate de mi camino!

Se alza en su posición y tensa los brazos para aparentar musculatura.

—Quítame si puedes.

Miro alrededor. Aprovecha mi distracción. Me pone una pierna atrás y me empuja. Caigo. Se ríe.

—¿Lo ven? —grita alzando las manos—, ¿lo ven?

Los mirones gritan. Algunos no se explican por qué no me defiendo. Me pongo de pie.

—¡Déjanos pasar! —grita Salvador saliendo detrás de mí.

—Este imbécil no necesita tu protección —contesta Adolfo—, así que cállate —y le da un fuerte codazo que lo tira. Al momento Roy se adelanta, seguido de otros dos, para sujetar a Adolfo mientras un tercero le da un gancho al abdomen. Los movimientos suceden muy rápido en todas direcciones, los guardaespaldas de ambos bandos intercambian golpes. Los mirones retroceden. Salvador se incorpora y va directo a regresar el codazo. Adolfo chilla.

—¿Qué esperan para matarlos? —pero sus secuaces están enfrascados en una pelea impresionante con los amigos de Roy. Se escuchan quejidos, gritos, es imposible saber quién golpea a quien. Caigo hacia adelante movido por un fuerte empujón. Al verme en cuatro extremidades, Adolfo me da una patada en las costillas. De inmediato un desconocido de mi equipo se abalanza sobre Adolfo. Con una mano me sujeto la costilla que me duele como si estuviese rota. Alzo mis útiles para echar a caminar fuera de la revuelta. Cruzo la calle mirando de frente el terreno baldío que sirve de atajo en el camino a casa. Quienes querían ver sangre ya la han visto.

—¡Se va! ¡Se va! —escucho que gritan.

De entre la gente surge Adolfo, bamboleándose como ebrio. Llega hasta mí y deteniéndome por el suéter me obliga a enfrentarlo. Quienes nos rodean son muchos menos ahora, los mirones malsanos se han quedado en la escaramuza de los pandilleros y ningún compañero de Adolfo se encuentra a la vista. Me mira con los ojos inyectados de sangre y respirando con rapidez.

—¡Vas a escucharme! ¡Si no quieres pelear vas a escucharme! Ésa... —se sofoca, hace una pausa—, ésa a quien defendiste ayer, es una cerda prostituta. Tú no la conoces. La tratas como princesa pero es una calientacamas. Yo la maltraté porque se negaba a besarme... ¿¡Te parece lógico !? ¿Una ramera a la que le pagas y luego se cruza de piernas? *Es una zorra*. Una zorra... —y sigue insultándola, gritando, chillando fluidamente, con una terminología más deprimente que agresiva. Pocas veces recordaré haber escuchado en mi vida un lenguaje precisamente tan soez. Adolfo está como loco. Termina de insultarnos a mí y a ella; al menos eso parece, y espera que yo responda; en todo el sitio se ha hecho el silencio. La pelea entre los vagabundos parece haber terminado porque la gente comienza a llegar y a rodearnos. Adolfo está lívido al no ver en mí ninguna reacción. Así que alza las manos y aúlla:

—¡Además tu hermana y tu madre son otro par de prostitutas!

Entonces me doy cuenta de que estoy tan furioso que no puedo moverme, pero lo que hace después es el fin de todo... Sorbe mocos ruidosamente, se enjuaga la boca con su baba dispuesto a escupirme a la cara y zumbando en ese momento la sangre en mis oídos, pierdo la memoria de las promesas que hice. Asesto un puñetazo a su nariz con mucha fuerza y el sujeto se va hacia atrás. Cae en un montón de gente que lo ayuda a levantarse. Sangra.

—Imbécil —llora—. Me has vuelto a desviar el tabique.

Puedo ver más allá de la masa humana: un congestiona-
miento de automóviles y una patrulla que viene llegando
por un costado de la escuela. La gente de Adolfo comienza a
reaparecer, agitada, empuñando palos y botellas. Recupero la
cordura. Echo a caminar rodeando la frontera de enemigos.

Roy se acerca y me pregunta qué pasa. Le contesto que
esto se terminó. Sigo mi camino. Escucho gritos, majaderías,
algunas pedradas que caen muy lejos de mí. No sé que esté
ocurriendo. Sólo voy con la vista fija al frente alejándome de
la trifulca.

Después de casi dos kilómetros echo un vistazo atrás. Me
acompañan Salvador, Rafael, Beatriz y Ariadne. ¡A lo lejos,
Sheccid!; viene con la cabeza hundida. Sigo caminando.

Mi conciencia comienza a recriminarme.

Muy bien, has eludido un problema grave; te moviste con
carácter, pero ¿cuándo demostrarás que sabes y puedes tratar
a la mujer que amas?

Camino con más rapidez. Tal vez Sheccid sigue ahí. La
costilla me duele como un piquete de abeja. Me detengo y
volteo.

27
¿Tú amas a mi abuelita?

Sheccid ya no camina detrás de mí... Se ha ido...

Me siento triste por eso.

Llego a casa y platico lo que sucedió.

A media comida suena el teléfono. Es Ariadne.

—Hola, ¿cómo llegaste a tu casa?

—Muy bien —contesta—, ¿y tú? Me quedé un poco preocupada.

—Creo que este asunto ya se acabó.

—También por eso te hablo. Quiero felicitarte por cómo manejaste las cosas.

—¿Yo? ¡Por favor! Sin la ayuda de Roy y sus amigos, estaría en la *morgue* en este momento.

Reímos. Hay un corto silencio en la línea.

—Sheccid —comenta después—, tiene una fiesta en su casa. Me enteré hace rato. Es cumpleaños de su hermano Samuel. Yo no puedo ir, pero te llamo para ver si tú quieres...

La aprensión regresa con mucha intensidad. Siento que las manos comienzan a sudarme.

—No creo que sea buena idea.

—Hay cosas de ella que no sabes... Por eso debes ir a la reunión de esta tarde.

—No me ha invitado. Me parece una falta de respeto presentarme sin avisar.

Ariadne suspira.

—Dime, *¿tú amas a mi abuelita?*

—¿Cómo?

—Contesta, ¿la amas?

—N... no. Ni siquiera sé quién es.

—Exacto. ¡Nadie puede amar a quien no conoce! ¡Acércate a Sheccid y conócela realmente, entra a su casa, platica con su hermano y con sus padres, convive con ella. Sólo así podrás amarla o rechazarla con justicia, pero nunca antes.

Me quedo frío al escuchar tan enérgica verdad.

Nadie puede amar a quien no conoce.

—¿Tienes una hoja dónde anotar? —pregunta después—. Te voy a dictar su domicilio.

Pido a mi hermana que me alcance la libreta de recados y escribo los datos que Ariadne me dicta.

Voy a mi habitación y leo un par de horas. Después escribo.

Lunes, 18 de noviembre

Si yo me siento renovado, diferente, superior, después de haber resuelto los últimos problemas, ¿por qué me he atrevido a creer que Sheccid no puede renovarse y crecer de la misma forma?

Dicen que genio y figura hasta le sepultura. Pero yo no creo eso. La gente cambia.

Si ella tiene dificultades familiares ¿por qué he decidido darle la espalda sin averiguar en qué puedo ayudarla? ¿Por qué he condenado su volubilidad antes de enterarme primero de su origen?

Ya no soy un prisionero que golpea la cabeza contra las paredes del calabozo pensando en su princesa. He progresado. He salido del calabozo. Ahora voy por mi princesa.

Dejo la pluma a un lado y cierro la carpeta.

Esta vez no me baño ni me arreglo con entusiasmo.

Iré a verla, pero es muy diferente a la ocasión en que fuimos por el libro. No me espera. Me preparo con cierto temor. Hubo algo malo en el tono de Ariadne cuando me dijo: *Hay cosas de ella que no sabes. Entra a su casa, observa su ambiente, entérate de sus problemas; sólo conociéndola podrás amarla con fundamento o rechazarla...* Algo indefinible me inquieta, como si Ariadne no se atreviese a arrancarme el velo de los ojos, como si quisiera que yo personalmente me enterara de lo que ella no quiere decirme.

Termino de arreglarme y salgo a la estancia para pedirle a mi madre que me preste su coche. No necesito darle muchas explicaciones. Ella me da las llaves sin averiguar adónde voy ni hacerme ninguna recomendación.

Manejo muy despacio, envuelto en un presentimiento aterrador. Me siento como un despreciable espía.

Llego al domicilio. Me cuesta trabajo hallar estacionamiento.

Ha comenzado a oscurecer y la reunión parece haber comenzado varias horas antes.

Bajo del auto y camino vigilando a mi alrededor, obsesionado por el pleito colectivo en el que estuve involucrado. Me pregunto si algún día podré volver a caminar por la calle sin el temor de ser emboscado por una pandilla.

Llego a la casa indicada y dudo antes de entrar. Tengo la sospecha que nada será igual después.

Samuel, el hermano de mi princesa, me recibe en persona. Le doy un leve abrazo de felicitación por su cumpleaños. Conversamos. Después de un rato camino con él. En franca e inesperada camaradería me muestra su casa. Me presenta a sus padres. Tomo un vaso de refresco y me siento en el rincón, junto a una enorme planta interior, a observarlo todo. Veo a Sheccid, pero ella no me ve. A distancia la estudio e intento eslabonar todas las piezas del acertijo. Mi mente no puede concretar una idea clara después de lo que platiqué con *su* hermano... Después de lo que ven mis ojos.

Ariadne tenía razón. Había cosas que yo no sabía y que debía mirar.

Una parte de mí está muriendo, pero la fuerza del amor que siento por Sheccid se incrementa a cada minuto.

Permanezco más de dos horas en ese escondrijo analizando la situación, tratando de asimilar lo inverosímil por entre las ramas de la planta y aceptando un hecho que marcará el inicio de otra etapa en mi vida.

De pronto me siento cansado, mareado, con náuseas.

Regreso a casa. Me encierro en mi habitación y grito:

—*¡Es injusto, incorrecto, incoherente!*

Pero nadie me ha dicho que la vida tiene que ser justa, correcta, coherente.

Me siento con fiebre.

Al día siguiente estoy tan débil y enfermo que no puedo levantarme para ir a la escuela. Mi madre, asustada, llama al médico. Me revisan, me inyectan, hablan cosas que apenas puedo entender, pero cuando me dejan solo, me levanto, echo doble llave al cerrojo de mi habitación, voy directo a la mesa de trabajo, abro mi carpeta personal y comienzo a escribir.

Lunes, 18 de noviembre

Sheccid:

He comprendido que formas parte de mí.

Sé que tal vez nunca estarás tangiblemente a mi lado, pero también sé que nunca te irás. Eres el aire, el cielo, el agua, eres la sed de cariño que siento en mi corazón, eres la definición del amor, aunque jamás haya podido definirse ni pueda hacerse nunca: definir es limitar y el amor no tiene límites. La fuerza motivadora de tu esencia me ha hecho una persona distinta. Cuando vea una golondrina cobijándose de la lluvia entre el ramal de la buganvilia te veré a ti, cuando presencie una puesta de sol te presenciaré, cuando mire las gotas de rocío deslizándose en mi ventana te estaré mirando a ti. No podrás irte nunca. No te dejaré. Eres mi novia eternamente. Eres la fuerza de mi juventud... Todo lo que brote de mi pluma, habrá tenido tu origen. Pues como dice Francisco Luis Bernárdez:

Si para recobrar lo recobrado
tuve que haber perdido lo perdido,
si para conseguir lo conseguido
tuve que soportar lo soportado.

Si para estar ahora enamorado
fue menester haber estado herido,
tengo por bien sufrido lo sufrido,
tengo por bien llorado lo llorado.

Porque después de todo he comprendido
que no se goza bien de lo gozado
sino después de haberlo padecido.

Porque después de todo he comprobado
que lo que tiene el árbol de florido
vive de lo que tiene sepultado.

28
No hagas esto más difícil

Después de la cuarta noche de convalecencia; José Carlos se levantó para ir a la escuela. Se sentía débil, pero era viernes y no podía recibir el sábado sin haber visto a Sheccid. La amaba más que nunca, con una fuerza que le dolía.

En cuanto llegó, vio a Adolfo en el patio central, charlando con sus amigos. Se alteró un poco. Por un momento pensó en darle la vuelta y elegir otra ruta, pero después consideró necesario enfrentarse a él y saber a qué atenerse. Se acercó sin titubear. Adolfo se irguió con aire amenazador. Sus guardaespaldas sólo sonrieron en son de burla, como si ya no estuviesen dispuestos a meterse en más líos.

Al pasar a su lado José Carlos se detuvo. Cruzó por su mente la idea de hablar con Adolfo, de decirle que le hubiese gustado que nada hubiese ocurrido y tenderle su mano de amigo, pero Adolfo malinterpretó el gesto y comenzó a ofenderlo. No amenazó con otra gresca, sólo lo insultó. Tampoco José Carlos quería más problemas. Se encogió de hombros pensando "bien dicen que brindar consideración a un necio es como arrojar rosas a los puercos".

Siguió su camino.

En la escuela aún se hablaba de la pelea colectiva, del peligro que todos corrieron, de las diferentes conductas de los contendientes.

La profesora Jennifer confesó en su clase que ella y el director fueron quienes mandaron llamar a cuatro patrullas de la policía para que detuvieran la pelea.

—Beatriz, te pedí que no les avisaras.

—Lo siento —contestó su amiga—. Yo no quería que intervinieran en tus decisiones pero tampoco quería que te hicieran responsable si ocurría algo grave.

La maestra Jennifer terminó contando cómo los profesores presenciaron lo que pasó desde el salón de dibujo; vista panorámica a través de los ventanales y sin empujones ni peligro.

La profesora alzó la voz e hizo una petición. Todos la aprobaron. Por supuesto que él también la aprobó. Hacía mucho tiempo que no declamaba y ahora se encontraba en la mejor disposición para hacerlo. Se paró al frente y recitó con toda fuerza y emotividad "La Nacencia", "Reír llorando", "Los motivos del lobo", "Romance del hijo que no tuve contigo".

Terminó la clase y la maestra Jennifer lo llamó a solas.

—¿Cómo van las cosas con aquella chica?

—Mal —contestó él.

—¿Será tan bella por dentro como lo es por fuera?

—Sí.

—No te equivoques en eso. Escribí unas frases al respecto pensando en ti.

—Gracias —contestó el joven tomando la hoja que le alargaba su maestra. La leyó de inmediato.

EL CUERPO ESTORBA

El cuerpo estorba, pues nos impide ver el espíritu escondido en él.

El cuerpo estorba porque sólo tiene cinco precarias ventanitas (vista, oído, tacto, gusto y olfato) por las que podemos asomarnos al mundo para percibir, no almas, no la verdad, sino —solamente— cosas materiales, engañosas.

El cuerpo estorba porque, al no tener otros escapes, los cinco sentidos le producen placeres que pueden convertirse en vicios (sexo, gula, droga, alcohol, etc.) y esclavizar más al ser espiritual encerrado en él.

El cuerpo estorba porque cuando se "descompone" causa dolores, molestias y se convierte en un terrible pesar.

El cuerpo nos lleva a ser muy receptivos a las habladurías. Queremos saber qué dicen y hacen los demás a nuestras espaldas para conocer el alma que no podemos ver con los ojos de la cara.

El cuerpo estorba porque al estar limitado a lo físico, nos hace admirar cosas que no son ciertas. En la adolescencia todos creemos estar enamorados, pero son espejismos. El verdadero amor se da con el conocimiento profundo no únicamente del físico, sino del espíritu humano que sólo es posible ver con los ojos del corazón.

No quiso pensar mucho en el escrito de la maestra. Le incomodó más que ayudarle. No creía que el amor que sentía por Sheccid fuera un espejismo. "¿En la adolescencia todos creemos? Era erróneo generalizar y en todo caso, siempre había excepciones a las reglas.

Averiguó que el grupo de Sheccid tenía clase de educación física durante la última hora y se las arregló para presentarse oportunamente en el pasillo que conducía a las canchas.

Cuando vio sus singulares movimientos se puso alerta. Caminaba hasta el final del grupo acompañada de Ariadne y Camelia. Todos los jóvenes usaban ropa y zapatos deportivos menos ella. Traía un vestido rosa entallado e iba peinada con el cabello recogido hacia un lado y unido todo arriba. ¿Se habría equivocado de fiesta? Inmóvil, vio pasar a las tres chicas frente a él. Se acercó por un costado. Ariadne fue la primera en darse cuenta y al momento gritó con urgencia, casi eufóricamente:

—¡Acompáñame, Camelia!

—¿A... adónde...? —Ariadne la tomó de la mano.

—El maestro de deportes ya llegó. Apresúrate.

Se alejaron un poco. Sheccid dio un paso hacia ellas.

—Voy con ustedes.

—No. No —siguió Ariadne alejándose con su rehén—, tú espéranos en aquel recodo. Hay una banca muy bella.

—No me dejen sola.

—No lo estarás.

Antes de que la mano se apoyara en su hombro, ella ya sabía que alguien se encontraba detrás.

Se estremeció indefensa y se apartó suavemente. Su expresión de incredulidad cambió por un gesto turbado, sonrojado.

—Te ves linda con ese peinado —comentó él.

—Tengo clase de educación física.

—¿Con ese vestido y esos zapatos?

—De acuerdo. No voy a hacer deportes porque me duele mucho una... rodilla.

—¿Por qué no nos sentamos? A Ariadne le pareció bien la banca de aquel rincón.

—Vaya aliada que tienes ¿eh?

Caminaron hasta el solitario recodo.

—Un muchacho que vivía cerca del mar era amigo de las gaviotas —comentó él, evocando una de las historias que había leído—.

Todas las mañanas jugaba con ellas. Llegaban por centenares, lo rodeaban, se posaban en sus hombros y brazos. El padre del chico le pidió que atrapara una. Al día siguiente las gaviotas danzaron en el aire pero no bajaron. Detectaron el gesto, la actitud amenazadora, la mirada, el tono de voz...

—¿Qué quieres decirme?

—Tú sabes... Puedes percibir, adivinar, sentir... lo que pienso de ti... No tengo que utilizar palabras...

—No soy gaviota. Soy mala para adivinar. ¿Qué piensas de mí?

Respiró controlando su aprensión y habló decidido.

—Si pudieras creerme, te diría que quiero que seas mi amiga más importante, mi compañera de vida.

Ella parecía triste. Desubicada. Tomó asiento con la vista perdida. Él la imitó.

—No había tenido la oportunidad de darte las gracias por defenderme de Adolfo. El lunes, después de la pelea colectiva, te seguí para hablar contigo, pero no quisiste...

—Estaba muy enojado, Sheccid. Fuiste tú la que provocó todo ese circo. Primero te burlaste de mi libreta personal, después despreciaste el regalo y la carta que te di, al día siguiente aceptaste ser la novia de Adolfo...

Asintió.

—Si soy tan malvada, ¿por qué insistes en que sea tu compañera de vida?

La tomó de la mano y ella lo permitió.

—Conozco tus defectos, sospecho tus problemas y te amo así como eres...

—Hay cosas que no sabes de mí.

—Tal vez te equivocas.

Permaneció callada unos segundos, después retiró la mano con suavidad.

—Me agradas, José Carlos, porque me respetas y porque dices abiertamente lo que sientes... Las personas, hoy en día, sólo exteriorizan amargura y suelen guardar sus sentimientos positivos hasta que ya es demasiado tarde...

—¿Por qué pareces tan triste, Sheccid?

—Hace un año falleció mi abuelita. Fue terrible ver cómo alrededor de su lecho de muerte hijos y nietos lloraban, prometían que si vivía no volverían a ofenderla, que nunca más la harían a un lado, que ya no la tratarían como a un estorbo. "Sabemos", le decían, "lo aburrido que debe ser estar todo el día en una mecedora, encerrada, viendo la televisión; reponte y te atenderemos, te pasearemos, te daremos amor..." Demasiado tarde ¿me entiendes? Es el síndrome del fin del mundo: Si nos quedaran veinticuatro horas de existencia, todas las líneas de teléfono se saturarían de personas que llamarían a alguien para decirle "perdóname" y "te amo"... Pero en circunstancias normales no lo hacemos.

Se detuvo con gesto extraviado, invadida de una gran pena.

—Sigue —pidió él fascinado—, nunca te había oído hablar así.

—Ver morir a mi abuelita —continuó como quien se desahoga con un confidente de toda la vida—, rodeada de tantas personas arrepentidas por haber sido ingratas con ella, me hizo pensar en la enorme necesidad que tiene el ser humano de amar y respetar, de ser amado y respetado. Hay miles de ancianos, minusválidos, enfermos y niños que sólo reciben desprecios. Tuve una sobrina con daño cerebral. Mi tía le escribió su epitafio cuando murió... —hizo una pausa; a lo lejos se escuchaban los gritos de sus compañeros que jugaban basquetbol—. Era una oda a la vida, un llamado a la gente insensible para que dejara de actuar como robot y comprendiera que lo más valioso de la vida se encuentra a nuestro alcance; que dar consuelo, ánimo, afecto, puede convertir una vida vacía en una vida alegre.

—El epitafio de tu prima con... daño cerebral, ¿cómo es?

—Bienaventurados los que entienden que aunque mis ojos bri-
llan, mi mente es lenta. Bienaventurados los que saben que mis
oídos tienen que esforzarse para comprender lo que oyen.
Bienaventurados los que al mirarme, no ven la comida que dejo
caer en el plato. Bienaventurados los que disimulan ante mi extra-
ño paso al caminar y mis manos torpes. Bienaventurados los que
comprenden que aunque no hablo, mi corazón les dice cuánto los
amo. Bienaventurados los que me respetan y aman como soy y
no como ellos quisieran que fuera. Bienaventurados los que con
su amor y sus cuidados me acompañaron en mi peregrinar al en-
cuentro con Dios...

José Carlos la miraba sorprendido. Parecía otra mujer. Se veía
más grande, más madura. Tal vez por el vestido ceñido que
destacaba sus formas femeninas, tal vez por el peinado reco-
gido, su tono de voz o sus palabras. Eran tan profundas que
se preguntó, recriminándose, por qué no se había propuesto
antes, descubrir el alma escondida en ese cuerpo que estorbaba
tanto.

—Princesa, me asombra oírte hablar así... pero ¿por qué surgió
todo esto?

—Estábamos comentando sobre Adolfo —la voz se le quebró un
poco—. Él quería controlarme y tú me defendiste. La gente ya
no sabe amar. Las relaciones afectivas están contaminadas de
búsqueda de poder. El hombre quiere mandar, someter, y la mujer
utiliza sus recursos también para dominar. Ninguno se abre, nin-
guno se muestra como es, porque hacer eso vuelve a la persona
vulnerable...

—Me preocupa verte con los ojos vidriosos al hablar de Adolfo...
¿Qué sientes por él?

—Con el tiempo lo olvidaré.

Sintió como si una enorme roca hubiese caído sobre su cabeza.
No podía creerlo, no era lógico. Sospechó que había algo discor-

dante en la escena. Una joven inteligente que hablaba sobre la enorme necesidad de amar y respetar, de ser amada y respetada, no podía sentir nada por alguien que la había maltratado y le había llamado a gritos "prostituta calientacamas".

—Sheccid, estás fingiendo...

Ella no contestó. Se vislumbraba en su semblante no sólo un cariño intenso, sino un dolor, una tristeza secreta.

—Yo no soy tu enemigo —insistió el joven—. Por favor, tenme confianza. Muéstrate como eres. No temas volverte vulnerable frente a mí. Nunca te haré daño.

—¿Por qué insistes en suponer que puedes leer mis pensamientos?

—Porque puedo. Es la ley de reciprocidad: Si yo pienso que una persona es tonta, esa persona lo percibe y piensa lo mismo de mí; si honestamente creo que otro es fantástico, el otro lo siente y acaba pensando que yo también lo soy... Tú me conoces. Te amo. Te necesito, hay una fuerza poderosa que me une a ti. También debes sentirla... no la rechaces... Quiero hacerte la pregunta definitiva. Será la última vez, nunca volveré a insistir. Por lo que más quieras en el mundo sé honesta ¿de acuerdo?

Dijo que sí con la vista en el suelo.

—¿Tú me amas...?

Se mostró nerviosa, respiró hondo y afrontó su definitiva e irrefutable respuesta con firmeza:

—No, no te amo.

—Dímelo viéndome a los ojos.

—Da lo mismo.

—¡No da! ¡Estás hablando conmigo, no con el suelo!

—Bueno —levantó las pupilas—. Cuando estás cerca de mí siento... algo y yo deseo, necesito un amigo como el que me propusiste ser, pero no te amo y eso es definitivo ¿de acuerdo? —Esta *vez le había hablado viéndolo a la cara; la sensación amarga de un mar de esperanzas y de sueños reventados le invadió el estómago—. Te propongo que lo intentemos más adelante —continuó ella—. Deja pasar el tiempo. Así maduraremos esta relación y en otro momento, dentro de algunos años, tal vez... —hizo una larga pausa—. ¿Podemos despedirnos?*

José Carlos no respondió. ¿Es que todo era cierto? ¿Es que podían?

—*Como amigos*. No hagas esto más difícil.

La parte consciente de él quería aceptar y mostrarse razonable, pero había otra parte, la emotiva, la de su dignidad, que no podía, que le producía un intenso dolor.

Ella se encargó de terminar.

—*Recuerda. Tal vez después, en otro sitio, en otras circunstancias, nos encontremos. Ahora olvida todo. Olvídame a mí ¿si?*

Su cerebro le daba vueltas.

—*Adiós, amigo.*

Asintió, pero para su sorpresa no la vio irse.

Sheccid puso una mano sobre su hombro. En su delirio no supo si ella en verdad se estaba acercando o era sólo su imaginación. Los labios pequeños y dulces de la chica se entreabrieron y llegaron hasta los de él. Su cuerpo era una masa paralizada y palpitante. Sintió un beso suave, tierno, breve. Percibió desatada una química poderosa al contacto de sus labios, pero sólo un par de segundos. Ella se separó y pronunciando nuevamente un adiós casi inaudible se dio media vuelta y comenzó a alejarse. Esta vez dentro de él había una revolución y un deseo, un deseo irreprimible de retenerla...

29
Eres una manipuladora

¿Que si me duele?

Un poco; te confieso

que me heriste a traición;

mas por fortuna,

tras el rapto de ira

vino una dulce resignación...

En la herida que me hiciste

pon el dedo.

¿Que si me duele ?

Sí, me duele un poco,

mas no mata el dolor...

No tengas miedo.

> *Luis G. Urbina*

—*¡Espera, Sheccid!* —*¿Por qué gritó? Respondió a esa fuerza irreprimible de retenerla, de darse tiempo para aceptar que ese beso fue verdad, que todo eso lo era—. ¿Cuánto tiempo? —La chica giró despacio llevándose la mano al rostro para desaparecer una lágrima que salía abiertamente de sus ojos—. ¿Cuánto tiempo tengo que esperar para volver a tratar de ganarme tu cariño? ¿Cuánto?*

Avanzaba hacia ella sin darse cuenta, sin esperar siquiera una respuesta; sólo queriendo darse tiempo para empezar a razonar un poco.

—*¡No te acerques!* —*le contestó con un miedo repentino—. No te acerques, porque entonces podré arrepentirme.*

Ahora se hallaba tensa, como si su gran obra de teatro estuviera a punto de desmoronarse.

—¿Arrepentirte? ¿De qué?

—Eres un problema para mí. Mi único problema.

—Entonces, ¿por qué ese beso?

—Quise ilusionarte un poco.

—¡Ilusionarme!

Ya no existía ninguna duda. La miró con verdadera furia.

—Eres una manipuladora...

—No digas eso, José Carlos... Ya nos habíamos despedido. Vete. No tienes derecho a perseguirme... ni a hacerme sufrir... Te lo ruego, déjame en paz...

La inestabilidad de la chica le dio energía para responder. Estaba decidido a echarle abajo su gran obra.

—Pero ni siquiera sabes mentir... Tratas de ocultarme algo y tomas tranquilamente la salida más repugnante. Y me engañaste por un momento. Reconozco que me engañaste. Sea cual sea tu futuro te has aferrado a que la gente te odie a cambio de hablar de él, pero dime —la tomó del brazo y la apretó—, ¿quién crees que te recordará después...? Ni siquiera yo —hizo una pausa y la soltó—, ni siquiera yo que te quise tanto...

Ella giró un poco la cara y se dejó llevar por una aflicción proveniente de lo más profundo de su ser.

Él ya no se conmovió. Seguía irritado.

—Tus lágrimas sólo me demuestran que estoy en lo cierto —continuó—. Eres pusilánime, indecisa. Te contradices a cada momento... Mira, Sheccid, tal vez en un futuro volvamos a encontrarnos, pero las condiciones cambian. Si para entonces ya has madurado verás cuán diferente será nuestra amistad... ¡Por ahora quédate con tu tonto complejo de mártir..!

Ella se había llevado ambas manos al rostro y sollozaba con aflicción, con verdadero pesar.

José Carlos salió al pasillo de las canchas. La clase de educación física había terminado. Caminó al aula con intenciones de recuperar su portafolios. Subió al edificio y echó un vistazo a la explanada. Desde arriba podía ver a Sheccid sentada en la banca de piedra.

Ariadne y Camelia aparecieron. Corrieron hacia ella preocupadas. ¿Por qué lloraba? ¿Qué le habían hecho?

"Entra al salón por tus cosas y vete ya. ¡Vete!"

Sheccid, inclinada se tapaba la cara. Camelia, en cuclillas, trataba de consolarla y Ariadne buscaba a "alguien" a su alrededor. Lo localizó de inmediato y caminó para encontrarse con él. José Carlos entró al aula, sacó su portafolios y se dirigió hacia abajo.

Había descendido apenas el primer escalón cuando Ariadne apareció doblando el recodo del pasamanos. Se detuvieron dejando media escalera de por medio.

—¿Qué ocurrió?

—Esto es inútil.

—Contéstame, dime algo o realmente supondré que...

Descendió los peldaños que los separaban con intenciones de marcharse de una vez, pero ella se interpuso.

—Déjame pasar.

—¿A dónde vas?

—A mi casa...

—Siempre supe que eras una gran persona. No me decepcionarás ahora ¿eh?, ¿qué ocurrió?

La vio a escasos centímetros, la vio entre nubes, borrosamente. ¿Estaba dejándose vencer? ¿Por qué su visión no era clara? ¿Qué era lo que estaba viviendo?

—No tiene caso seguir con esto, amiga...

Los enormes ojos de la pecosa lo miraban con dolor. Parecía una muñeca de porcelana mal terminada.

—De acuerdo —creyó escuchar su voz—. Si la hiciste llorar, debes tener tus razones. Te apoyo en todo —entre sombras pensó que él también la apoyaría en todo—. Sólo que es tan difícil ver cómo mis dos mejores amigos no pueden entenderse.

En un impulso incomprensible José Carlos abrazó a Arriende. Fue un abrazo de lealtad, de hermandad, de afecto incondicional.

—Gracias, amiga... De veras, gracias...

Comenzó a caminar hacia la puerta de salida respirando, pasándose una mano por el cabello, limpiándose los párpados. Volvió la vista al final del solitario patio y pudo distinguir que Sheccid se hallaba ahí todavía. Pero había ocurrido algo extraño. Ya no estaba sentada sino... ¿acostada? Camelia la sostenía en brazos y gritaba como loca. Dios mío. El cuerpo de su princesa estaba flácido, inconsciente.... Corrió hacia ellas y alarmado vio su tez amoratada. No sólo se había desvanecido, sino que parecía estar ahogándose.

30
Te extrañaré

Camelia pedía ayuda a grandes gritos. Otros jóvenes se aproximaron. Nadie sabía que hacer. La chica se veía grave.

—Pronto —Ariadne llegó y de inmediato dio órdenes a Camelia—, corre a las oficinas. Busca al profesor de Biología que es doctor. Ustedes ayúdenme a levantarla. Vamos a llevarla a la enfermería.

Camelia salió como bólido. José Carlos la tomó de los brazos y otros dos muchachos la cargaron de las piernas. Caminaron con dificultad hacia el edificio frontal. Cuando llegaron, Camelia los esperaba ya con una comitiva de personas. El médico no estaba, pero sí la maestra de Educación Física que había tomado un curso de primeros auxilios. Pidió alcohol, algodón, le dio a la chica respiración artificial y después de algunas rápidas maniobras Sheccid comenzó a toser.

Minutos más tarde llegó la ambulancia. Era innecesaria ya. La muchacha estaba sentada en la mesa de enfermería. Los paramédicos la revisaron. Le tomaron sus signos vitales y al detectarle la presión baja le preguntaron si estaba en algún tratamiento médico. Ella dijo que sí, sacó la cajita de unas pastillas y se las mostró. Muchas cosas parecieron aclararse para los expertos.

Eran tantos los curiosos que les pidieron desalojar el estrecho cuarto para dejarla descansar mientras venían sus padres, a quienes ya habían avisado telefónicamente.

—Sólo quédese una o dos personas con ella —sugirieron los asistentes—. Necesita relajarse y respirar aire fresco.

Compañeros y maestros comenzaron a desfilar hacia afuera. José Carlos permaneció inmóvil en su rincón. Se sentía un poco culpable. Después de la desocupación del recinto sólo quedaron Ariadne, Camelia y él. Todos los adultos habían salido.

José Carlos le dijo a la pecosa:

—¿Ustedes creen que yo podría hablar con Sheccid un minuto a solas? Por favor.

La pecosa lo miró con fijeza y asintió despacio, pero Camelia saltó.

—¡Eso sí que no! No voy a permitir que siga lastimándola.

—Déjalos Camelia. Es problema de ellos.

—¿Tú quieres que te dejemos con él?

Sheccid no hizo ninguna seña de acuerdo o desacuerdo.

—*Está bien, pero ten cuidado con lo que...*

—*Cállate y vámonos.*

Las muchachas salieron enfrascadas en una discusión.

El silencio hizo presencia en esa atmósfera de intensos sentimientos.

Ella estaba sentada en la mesa sin emitir sonido alguno. Él de pie. No sabía como recomenzar. Su corazón latía con vehemencia.

—*Me asustaste* —su fonación era baja—; *pensé que iba a enviudar antes de casarme.*

Ella sonrió.

Él se acercó. Levantó lentamente la mano de la chica y se la llevó a la boca para darle un beso suave, respetuoso. Luego la soltó depositándola sobre la mesa. Al fin ella lo miró de frente. Sus ojos irradiaban un aire de desamparo, su hermoso peinado había desaparecido, ya no quedaba más que cabellos castaños brillantes desordenados, sus mejillas estaban ligeramente tiznadas.

—*Yo...* —su voz era apacible y lánguida—. *Estoy muy apenada por haberte hecho pasar por...* —se veía confusa y afligida—, *no había necesidad. Te traté mal. José Carlos, te mentí respecto... respecto a lo que sentía. Adivinaste muy bien mis pensamientos. Tu ley de reciprocidad es cierta. Te mentí porque tenía miedo; miedo de cultivar este amor para después cortarlo... Amigo, me tengo que ir. No quería despedirme de ti amándote tanto...*

Sintió una explosión de pasmo combinada con júbilo y aflicción. Cuando fueron por el libro ella le dijo que su padre era extranjero y habían cambiado de residencia cuatro veces en dos años...

—*¿Otra vez tu padre se tiene que mudar?*

Asintió.

—*Nos vamos a su país y esta vez es para siempre.*

No era justo... Resultaba tan difícil de aceptar, de comprender. Que el amor de su vida hubiera llegado para esfumarse así.

—Y yo luché ¿me entiendes? En cuanto se confirmó lo del viaje definitivo luché por no tener que decírtelo. Luché contra mis propios sentimientos. Cada vez me enamoraba más de ti y no quería sufrir ni hacerte sufrir... Ahora entiendo que fue un error... Lo hice todo tan mal... Traté de alejarte inventando que Adolfo me gustaba. Ojalá algún día puedas perdonarme... —empezó otra vez a llorar—. Te quiero, te quiero mucho. Quizá más de lo que tú a mí porque... yo siempre lo he callado y lo he soportado en secreto.

—Procura calmarte... Eres muy fuerte Sheccid...

—Estaba ciega y ¡ahora te lo digo! Ahora —las lágrimas bullían pero ella no dejaba de hablar—, que me tengo que ir y que no podremos vivir ni un día ese noviazgo que hubiese llegado a ser una experiencia maravillosa... Debí decírtelo antes; aceptar mi cariño hacia ti, tal vez contándote una mentira o lo que fuera; después de todo al final he tenido que hacer eso ni más ni menos.

Su voz se apagó y gimió lastimosamente.

—Me confundes ¿Esto del viaje es mentira?

—¿Dé que me sirve amarte tanto José Carlos?, ¿de qué? Si te mienta o no te mienta sólo voy a significar problemas para ti... ¿Por qué si yo quisiera ser para ti toda la alegría tengo que representar esto...?, ¿de qué me sirve amarte entonces?

El renunció a averiguar más.

—No hables así. Nada importa. Piensa que estamos juntos —se acercó a ella hasta recargarse en sus rodillas—. El pasado ya murió y el futuro es sólo una posibilidad. Sólo el presente importa... Mírame a la cara. Olvídate de los problemas y mírame como hace un momento —llevó una mano a su rostro sucio y lo levantó con delicadeza—, vamos...

—A ver —balbuceó ella muy despacio y parpadeó al subir la vista—, ya está.

—No llores más —recorrió su húmedo semblante con el dedo. Llegó hasta el surco de su boca.

—*Tengo que irme, amigo ¿te das cuenta? Y el amor de mi vida se queda aquí... —¿es que no se daba cuenta?—, se queda contigo.*

—*¿Cuándo te vas?*

—*Este domingo. Hoy es el último día que vengo a la escuela. Mañana me harán una pequeña operación de la rodilla y nos iremos de inmediato. ¿Sabes? —sonrió coqueta y echó una mirada a su alrededor—, me vestí y me peiné especialmente para despedirme de todo lo mío... Para despedirme de ti aunque no lo supieras.*

Tocaron la puerta.

José Carlos dio un paso atrás.

Entró la maestra de deportes acompañada de un hombre alto de cabello entrecano y profundos ojos azules.

—*Papá...*

—*¿Cómo estás hija?*

—*Ya bien.*

—*¿Tuviste otro acceso? —Sheccid asintió—. ¿Puedes pararte?*

—*Claro...*

De un pequeño salto se puso en pie. Su padre la abrazó por la espalda y caminó con ella hacia fuera. Le dio las gracias a los maestros y compañeros que la habían ayudado.

—*De hecho —comentó—, hoy es el último día que mi hija viene a la escuela. Tenemos algunos cambios de planes. Espero que a pesar del incidente se haya podido despedir de sus amigos.*

El comentario dejó a todos boquiabiertos. Sheccid no le había dicho a nadie que se iba.

Padre e hija salieron por la puerta de la escuela y comenzaron a recorrer la larga y estrecha calle rumbo al estacionamiento superior en el que días atrás se escenificó la trifulca colectiva.

José Carlos caminaba detrás de ellos, a varios metros de distan-

cia. No podía creer lo que estaba ocurriendo. Que el amor de su vida se fuera así...

Sheccid llegó con su padre hasta el automóvil. Éste le abrió la puerta pero ella intercambió algunas palabras con él y no subió.

José Carlos tenía un nudo en la garganta y las lágrimas bordeaban sus párpados. Sintió que el cuerpo le hormigueaba al ver cómo dejaba el coche y comenzaba a caminar hacia él... Cuando casi había llegado percibió el fuerte impulso de abrazarla, pero algo lo detuvo, quizá la indiscreta presencia del padre que los observaba desde su auto.

—Le pedí a papá unos minutos para despedirme de ti, pero en realidad no quiero irme...

El asintió. Tenía la garganta hecha nudo.

—Tal vez nos volvamos a ver pronto —logró decir al fin—, el mundo es redondo y...

Ella movía la cabeza negativamente.

—No creo que nos veamos. Mi familia es nómada.

—Dijiste que antes del viaje te iban a operar de la rodilla. ¿Podré ir a verte?

Silencio.

Los ojos más fantásticos que lo habían mirado estaban tristes.

—¿En qué hospital estarás? —insistió.

—Olvida eso... Olvida todo y mírame a la cara. Ahora yo te lo pido; recuérdame así; mira... mira ya no lloro más, lo hago por ti... yo —su rostro reflejaba una inocencia capaz de derretirle el alma al más insensible—. Yo José Carlos, no quiero que me recuerdes llorosa y descompuesta, por eso sonrío, para que tengas una buena imagen de mí cuando estemos lejos... Haría cualquier cosa por verte feliz. No llores tú tampoco.

—Te extrañaré, Sheccid.

Al oír esa frase el adiós irremediable se hizo presente.

—Yo también te extrañaré —susurró apenas—, porque eres el muchacho que he querido... y del único que me he tenido que despedir.

El sonrió. Era el noviazgo más intenso y corto de la historia.

—Adiós —dijo ella—. Tengo que irme.

¿Esa era la despedida? ¿Tan trivial? ¿Tan vacía? ¿Porque era tarde y no encontraba otra forma de terminar con la cuestión?

Recordó una despedida similar en el autobús en la que se quedó parado con su inexperiencia y su irresolución y la vio alejarse. Esta vez no lo iba a permitir.

Cuando se dio la media vuelta para disponerse a caminar, la sujetó por la muñeca. Ella giró para encontrarse con él.

Entonces se abrazaron como queriendo fundirse el uno en el otro. Ya no les importó que el padre pudiera estar viéndolos. Se olvidaron de todo por completo. En ese instante sólo existían ellos. José Carlos percibió ese abrazo tan diferente al de Ariadne. Minutos antes con la pecosa sintió la paz de una compañera dulce, pero con Sheccid sentía el cuerpo de una mujer, de la mujer que amaba, que despertaba en él vibraciones recónditas jamás experimentadas. Frotó la cara en su cabello. Bajó las manos poco a poco hasta su estrecha cintura y acompasadamente como en un magnetismo irresistible sus rostros comenzaron a acercarse. No había prisa. Tenían todo el tiempo del mundo. La boca pequeña de Sheccid se entreabrió un poco dejando ver la silueta de unos dientes magníficos. José Carlos la atrajo con firmeza y sus labios se encontraron. Sintió el roce de su boca... sólo el roce. Llevó las manos a su espalda para sujetarla. Cerraron los ojos y se dejaron ir por un abismo de emociones extraordinarias. Ella respiraba rápidamente. En su aliento había un eco de frescura y sensualidad. Sus labios sensibles empezaron a mecerse en una exquisita fluctuación de movimientos aceptando profundamente, luego rehusando un poco y luego equilibrando la ligera presión de los labios de él. Disfrutaron dentro de esa brumosa oscuridad que se matizaba con perfumes y emociones de fantasía. Ahora ya nada podría separarlos, ni la distancia más larga. Sheccid se apartó un poco, pero aún sin atreverse a terminar el beso. Sus ojos se abrieron. Se miraron sintiéndose juntos y deseando eternizar el momento, tan pausadamente como se unieron, se separaron. Igual, sin dejar de mirarse, pero con algo nuevo, el gusto de un amor infinito que tal vez tardarían mucho tiempo en dejar de saborear.

—Adiós mi cielo...

—Cuídate mucho —¿qué otra cosa podía decirle?

Dijo que sí. Parecía no poder agregar nada más.

Ella echó a correr rumbo al coche que la esperaba.

Su padre le abrió la puerta y rodeó el automóvil para subir a su vez.

José Carlos vio el vehículo echarse en reversa y alejarse. Detrás de los vidrios alguien le decía adiós con la mano.

El no pudo contestar.

31
¡Hasta fuimos esposos!

Lied

*La mañana está de fiesta
porque me has besado tú
y al contacto de tu boca
todo el cielo se hace azul.*

El arroyo está cantando
porque me has mirado tú
y en el sol de tu mirada
toda el agua se hace azul.

El pinar está de luto
porque me has dejado tú
y la noche está llorando
noche pálida y azul,

Noche azul de fin de otoño
y de adiós de juventud,
noche en que murió la luna,
¡Noche en que te fuiste tú... !

Jaime Torres Bodet

Iban a dar las cinco de la tarde.

Cerró el libro, echó la cabeza hacia atrás y observó el techo del recinto público. Escribiría unos treinta minutos más. Avisó telefónicamente a su casa que iría a la biblioteca municipal. No mintió. Ése era su único refugio. Cada vez que estaba en crisis buscaba respuestas ahí. Pocos chicos de su edad entendían eso. Ni aun sus nuevos amigos participaban en tan extraño ritual.

Esta vez el trance era mucho más severo que nunca. No creía poder superarlo solo. Había leído, pero por episodios. Se desesperaba e interrumpía la lectura. Recordaba los momentos vividos y le invadía la tristeza, la euforia, la ira...

Era curioso que Sheccid hubiera ocultado tanto tiempo lo que sentía. No alcanzaba a comprenderlo. La admiraba y la desdeña-

ba por eso. La amaba y la odiaba... ¿Por qué no se lo dijo antes? En vez de gastar energía y tiempo precioso en riñas con Adolfo, podían haber disfrutado juntos su mutua compañía. ¿Cómo podía ser tan inteligente e ingenua a la vez?

—¿En qué quedamos? —se reprendió—. Tú no eres nadie para enjuiciarla. Estás furioso con las circunstancias, pero no sabes lo que es cambiar de domicilio cuatro veces en dos años.

Sin embargo, el cosquilleo de que en todo eso había algo discordante, hormigueaba en su cerebro a ratos. Sobre todo cuando le venían a la memoria algunas frases, como el comentario de Ariadne:

"Su familia se está desintegrando. Su madre es un poco esquizofrénica y su padre tiene una amante. No pelean por los bienes materiales sino por definir qué hijo se queda con quién."

Era extraño. Tal vez no conocía toda la verdad.

Debí decírtelo antes, contándote una mentira; después de todo, al final he tenido que hacer eso ni más ni menos.

Quizá viajaría, aunque prefirió ocultar su historia familiar... Pobre Sheccid. Al peregrinaje estaba acostumbrada, pero no al divorcio de sus padres.

José Carlos miró los libros que estaban sobre la mesa. Era tarde y no quería irse sin alguna idea concreta. Tomó una hoja y comenzó a copiar los ejemplos y frases más contundentes del tema que había estado leyendo. Tituló el escrito "Tolerancia", pensando en cómo cualquier acto disparatado, aún el de Sheccid, que le había negado y se había negado a sí misma la dicha de vivir su amor, podía comprenderse, cuando se contaba con todos los elementos.

TOLERANCIA

Nadie puede saber si alguna vez necesitará a la persona que está despreciando. Decía Emerson: "Cada hombre que conozco —no importa su edad, sexo, religión o raza—, tiene algo superior a mí; por eso escucho a todos y aprendo de ellos..."

Si el prójimo comete errores, es torpe, débil o iracundo, no lo juzgues... Ignoras lo que es vivir en sus zapatos.

Aunque el momento presente sea el mismo para todos, las emociones y circunstancias son siempre diferentes para cada individuo. A las siete de la mañana, en el mismo vagón del metro, una persona piensa en el examen que presentará, otra se dirige a la cárcel para visitar a un familiar preso, éste va a una oficina conflictiva, aquél de compras, el de más allá está de vacaciones, uno acaba de tener un hijo, otro está pensando en suicidarse. En el mismo tiempo, cada uno vive historias diferentes. Es injusto enfadarse porque el vecino actúe de forma distinta. Los momentos son iguales, pero los mundos de cada uno, no. Cuanto hay en la cabeza y en el corazón de dos seres que comparten un espacio, puede estar distanciado por miles de kilómetros.

Nadie tiene derecho a condenar.

Un automovilista conducía con exceso de velocidad. Agredía a los demás tocando el claxon, encendiendo las luces, vociferando. En una estrecha avenida tuvo que maniobrar bruscamente para pasar, ocasionando que un auto compacto frenara y estuviera a punto de accidentarse. El conductor del auto compacto era agresivo y venía armado. Se reincorporó al camino, alcanzó al otro, le cerró el paso y se bajó furioso. El conductor apremiado le gritaba que se quitara, le llamaba estorbo, le exigía con vehemencia que se hiciera a un lado. "¿Tienes mucha prisa?", le preguntó el del coche compacto, "pues será la última vez que corras tanto..." Entonces le dio un balazo y lo mató. Lo más trágico de este caso real, fue que el hombre con prisa, llevaba a su hijo enfermo al hospital en el asiento de atrás...

¿Quién eres tú para atreverte a juzgar y condenar?

¿Quieres que todos actúen igual, piensen igual, sientan lo mismo?

Entonces imagina el mundo habitado por una sola persona. Tú. Sería aburrido y sinsentido.

La conducta inexplicable de otros siempre es explicable. El intolerante termina convirtiéndose en trasgresor, injusto, criminal, fanático.

Sólo el tolerante construye.

Un monje a punto de ser asesinado le pidió a su verdugo un último favor. "¿Ves la rama de aquel árbol?", le dijo. "Córtala con tu arma." El asesino obedeció y la rama cargada de flores cayó al suelo. El monje le pidió entonces: "Ahora pégala para que vuelva a vivir y dé frutos." El criminal se quedó confundido sin poder cumplir la última voluntad del monje. Entonces éste se incorporó y le habló muy fuerte a la cara. "¡Piensas que eres poderoso porque destruyes y matas, pero eso cualquier necio puede hacerlo; escúchame bien, si quieres de verdad ser grande, construye y salva..!

Sólo el tolerante salva.

Las relaciones de trabajo, familiares, humanas, son prosperadas cuando hay cerca alguien que comprende, alguien que ama, que ayuda y participa en los problemas de otro.

Las personas tenemos profunda necesidad de amor, pero escatimamos el que podemos dar. Somos entes sociales pero intolerantes. Queremos ser comprendidos pero no comprendemos. Deseamos que otros construyan y destruimos. Vemos la paja en el ojo del vecino e ignoramos la viga que tenemos en el nuestro. Sólo lograremos hacer de este mundo algo distinto cuando acabemos con el egoísmo y empecemos a servir, componer, edificar, proveer...

Terminó de escribir y se quedó pensativo por un largo rato. Amaba a Sheccid y no quería perderla. Si tenía problemas, deseaba ayudarla, pero ¿cómo comprender a alguien que no se abre por completo?

Entonces se sintió de nuevo invadido por la extraña combinación de ira, depresión y miedo... Necesitaba verla una vez más. Era viernes. Si el domingo se iba, tenían todo el sábado para estar juntos.

Entregó los libros y salió del edificio decidido a buscarla. Tenía las monedas justas para subirse a un microbús e ir al domicilio de Sheccid. No le avisó a sus padres. Prefería que lo imaginaran estudiando en la biblioteca.

Cuando llegó, tocó el timbre sin dudarlo.

Frotó sus manos, emocionado, nervioso, tenso.

Nadie abrió. Volvió a tocar y el resultado fue el mismo. Lo intentó por tercera vez golpeando ahora la puerta metálica con una piedra. No obtuvo respuesta. Siguió llamando sin éxito. La casa estaba vacía. Se sentó en la acera. Comenzaba a oscurecer. Esperaría ahí el tiempo que fuera necesario.

La calle se mantuvo en silencio las siguientes dos horas.

Era de noche ya. Se disponía a retirarse cuando vio a una joven muy alta que se detenía ante la puerta para tocar el timbre. La miró esperanzado. Ella reparó en él y lo saludó con un gran aspaviento.

—¡José Carlos! ¡Qué sorpresa!

—Hola...

—Quiero decir los versos más tristes esta noche, decir por ejemplo, la noche está estrellada...

—¿Perdón?

—¿Me declamas?

—¿Quien eres?

—¿No me reconoces? ¡Mi cielo! ¿Cómo es posible? Nos enamoramos locamente el primer día te presentaste en público. ¡Hasta fuimos esposos!

—Cla... claro...

Frida.

Ella extendió la mano y al momento de saludar lo atrajo para darle un beso en la mejilla. Lo recibió con reciprocidad.

—¿Qué hacías sentado en la banqueta?

—Esperaba a alguien que vive en esta casa.

—¿En ésta...?

—Sí...

—Yo también venía a ver a una persona aquí... —se acercó a la puerta para tocar el timbre de nuevo.

—No hay nadie. Llevo más de dos horas en este sitio.

La muchacha pareció preocupada.

—¿Sabes dónde pueden estar?

—No —la observó con suspicacia—. ¿Tú eres amiga de un joven alto, rubio, de nariz aguileña, rapado como militar?

—Qué descripción más precisa... Sí... ¿Y tú?

—Yo soy amigo de su hermana. ¿Qué te parece? Apenas nos dejamos de ver unos meses, ambos caemos en infidelidad y venimos a encontrarnos en la misma dirección, buscando a nuestros respectivos amantes que, para colmo, resultan ser hermanos.

—¿Qué tino, verdad? —rio ligeramente azarada. José Carlos había cambiado mucho en esos meses.

—Frida. La hermana de Samuel, a quien yo le digo Sheccid, se despidió de mí hoy porque se van mudar para siempre a otro país.

—¿Eso te dijo?

—Sí. Se cambiarán de casa. Pero me han llegado rumores de que en realidad se van porque los papás están divorciándose...

—¿Divorciándose? —Frida movió la cabeza—. No puede ser. Yo he visitado a la familia varias veces y, la verdad, sus padres se adoran.

—¿En serio?

—Sí. La información que yo tengo es muy diferente.

—¿Cuál es?

—Que... tu amiga... se irá como interna a una institución donde estudiarán su caso. Tiene problemas de salud. Se va sola. Por el momento. Sus padres y su hermano la alcanzarán después.

Siguieron conversando, pero José Carlos, lejos de tranquilizarse, se sintió aún más preocupado. Intercambiaron teléfonos y se despidieron. Ella se olvidó de bromear respecto a su amor por él. Él no se lo recordó.

32
Hubiera preferido no decírtelo

Al regresar a casa recibió un regaño por haber llegado tan tarde. La reprimenda fue muy severa, pero a todo dijo que sí, con la cabeza baja, sin protestar ni escuchar. Aunque ya era muy noche, marcó el teléfono de Ariadne. Nadie contestó. Fue a su cuarto y trató de dormir.

No pudo.

A la mañana siguiente, se levantó temprano y lavó los coches sin que nadie se lo pidiera. Quería reconciliarse con sus padres por haber llegado tan tarde sin avisarles.

Al ver el gesto, su papá los invitó a comprar plantas para la nueva jardinera. Hubo gritos y saltos alegres de sus hermanos. Todos deseaban adornar ese rincón de la casa.

José Carlos participaba de la convivencia pero no hablaba. Necesitaba ver a Sheccid, verla antes de que partiera.

Estuvo distraído mientras compraron las plantas. Percibía apenas el entusiasmo de sus hermanos mientras escogían las que suponían lucirían más.

Se apartó del bullicio. Se apartó a lo más solitario del invernadero. La necesitaba a ella en este momento, estornudando y restregando su piel en un mar de hojas ásperas. La necesitaba más que nunca, porque más que nunca se sentía vacío, desamparado.

Su mente no paraba de recordar frases, momentos sueltos, como en una continua búsqueda de pistas.

Si al mundo le quedaran veinticuatro horas de existencia, todas las líneas de teléfono se saturarían de personas que llamarían a alguien para decirle perdóname y te amo.

—¿Buscas algo?

Una empleada se acercó coqueta. Era más o menos de su edad.

—No, gracias.

—En este rincón sólo encontrarás follaje selvático —insistió—, nada interesante. Si quieres te puedo mostrar árboles bellos.

—Necesito estar en medio de la espesura —contestó y agregó en un susurro—. Huyo de la policía...

La joven no supo si bromeaba, pero se retiró de inmediato comprendiendo que no era bienvenida.

A lo lejos escuchó que su padre había elegido una flor que le encantaba a Pilar y que a Liliana le parecía una flor con cara de flor estúpida.

Recordó las sospechas de Ariadne:

La situación de su casa es tan tensa que ella ha enfermado. Parece 'ida' y se desmaya con frecuencia. Por eso ha faltado a la escuela.

Comenzaron a llamarlo. Salió del encierro y caminó detrás de su familia. Llegaron al coche. Su padre abrió la cajuela. El mocoso que ayudaba, arrojó los vegetales al interior y se sacudió las manos. Bien, ¿y su propina?

En el auto eludió todas las insinuaciones de por qué no los ayudó a elegir las plantas, se limitó a responder con frases cortas. Papá dio por terminadas las indagaciones y encendió la radio.

¿De que me sirve amarte tanto, si te mienta o no te mienta sólo voy a significar sufrimientos para ti. De qué me sirve amarte entonces?

¿Por qué había dicho eso? ¿A qué se refería?

En la radio empezó una canción romántica. Mamá subió el volumen y Liliana se estiró desde el asiento trasero para subirlo más, hasta casi reventar las bocinas. Papá apagó el aparato y se inició una terrible discusión sobre si el cantante era o no homosexual.

José Carlos iba hundido en sus elucubraciones. Muchas de las actitudes de Sheccid no concordaban con la versión de la mudanza pero sí con la de Frida. Antes de despedirse le comentó que la operarían de la rodilla.

No voy a hacer deporte porque me duele mucho una pierna.

—A José Carlos le toca regar las plantas antes de colocarlas.

Un coro de gritos apoyó la propuesta. Estaba bien. Bajó del auto, ayudó a cargar los retoños y comenzó a hacer lo que le exigían. Se sentía decaído, sin fuerzas... intranquilo por lo que pudiera llegar a saber; a ocurrir. Vio a través de la ventana que sus padres se abrazaban y se besaban. Cruzó por su mente la idea de hablar con ellos, pero la descartó. ¿Que les diría? ¿Que estaba preocupado sin saber por qué y que deseaba ir a ver a una chica que no sabía dónde estaba?

Esa tarde compartió la apoteosis de dar vida a la nueva jardinera. Ayudó en silencio a sembrar las plantas. Papá puso música *alegre y la convivencia hubiera sido extraordinaria de no haber sido por su actitud seria e introvertida que al principio molestó y terminó por preocupar a todos. Comieron un pollo rostizado sin que nadie se atreviera a preguntarle qué le sucedía.*

Sus hermanos lo condenaron a barrer la tierra que se había derramado.

Comenzaba a oscurecer cuando escuchó el timbre del teléfono.

No supo qué hacer. Dejó caer la escoba sin decidirse a correr para contestar; después de todo seguramente no era para él. Aguzó el oído.

¿Su madre lo estaba llamando?

Fue de inmediato a la cocina.

—¿Quién me habla?

—No sé. Es una chica.

El corazón se le contrajo.

—¿Hola?

—Soy Frida.

—Qué bueno escucharte.

—Sí. Supongo.

Frida se escuchaba muy lejos. Le confesó haber llegado al fondo del asunto. Supo en qué hospital operaron a Sheccid y fue a verla. José Carlos se tapó el oído libre esforzándose por oír. Le pareció que Frida no era Frida. Por un momento creyó hablar con una persona desconocida. Sintió temor.

—Pero todo está bien ¿no es así?

No la oyó contestar.

—¿Eres tú, Frida...? ¿Me escuchas?

—Sí —continuó con una voz muy débil—. La busqué en el edificio de ortopedia, como me dijiste. Pero no estaba ahí. Estaba en neurología.

—¿Qué? ¿Cómo?

—José Carlos. Tienes que venir.

—Sí, pero no me dejes así. Dime que todo está bien, por favor.

—La operación fue de un tumor cerebral.

Su mano se aferró al auricular. Un mar de pensamientos terribles cayó sobre él. De pronto todas las piezas del rompecabezas encajaron y lo vio enlazado, monstruosamente enlazado.

El epitafio de Paty, recitado tan fuera de contexto por Sheccid tenía otro significado...

Bienaventurados los que me respetan y aman como soy y no como ellos quisieran que fuera. Bienaventurados los que con su amor y sus cuidados me acompañaron en mi peregrinar al encuentro con Dios...

Cuando Frida le reveló todo, el impacto lo hizo balbucear cosas sin sentido.

Operaron a Sheccid a las diez de la mañana... y ya era de noche, así que el velorio funeral estaba a punto de empezar.

—¡¿Murió?! —*gritó sintiendo el tremendo estallido en sus entrañas. La conmoción absoluta y una horrible daga helada de marfil enterrándose en su cerebro.*

—¡¿Qué dices?! ¡¡¡Por favor, Frida, no puede ser..!!!

—Hubiera preferido no decírtelo...

Vio su mano colgando el teléfono con violencia. Escondió la cara entre sus brazos soportando apenas la terrible presión en la cabeza. La respiración le faltó... sintió que se caía. Su padre corrió a ayudarlo, pero para su mal ya no habría nunca ninguna ayuda posible.

33
Quizá presintió

En el velatorio imperaba la tristeza. Gente llorando, personas condoliéndose... José Carlos entró al sitio indicado por Frida, con la leve esperanza de que se tratara de un error. Caminó entre las personas. Cuando vio sola, de pie, al fondo del pasillo, a su entrañable amiga Ariadne, una gigantesca losa le cayó encima. Supo que todo era verdad. Frida apareció en su camino. La ignoró. Llegó hasta la pecosa. Ella lo miró, asustada.

—José Carlos... ¿Qué haces aquí? Se suponía que no deberías...

Cerca, algunas señoras se deshacían en llanto y gemían frases entrecortadas como "era apenas una niña", "estaba en la flor de la vida", "¿por qué tuvo que ocurrir?"

Por segunda vez en esa semana José Carlos y Ariadne se abrazaron, sin hablar, sin tratar de razonar, se dejaron llevar por la intensa pena que los embargaba. Ninguno podía hacer nada más que refugiarse en su mutuo cariño. Estar juntos era el único consuelo al que podían asirse.

—¿Pero qué pasó? —preguntó él—, ¿tú sabías esto? ¿Por qué no me avisaste?

—No, Sheccid no le dijo nada a nadie. Ella se desmayaba con frecuencia y faltaba a clases de una forma exagerada, pero platicaba de otro tipo de problemas.

—¿Entonces cómo te enteraste, Ariadne?

—Ella misma me llamó ayer por la tarde.

—¿Y por qué no me habló a mí?

—Creo que... te amaba demasiado y su única preocupación era que estuvieses bien, que no sufrieras, que la recordaras como en aquel momento... En ese último beso.

—¿Te contó?

Asintió limpiándose la cara con el puño de su blusa.

—Y tú —preguntó ella—, ¿cómo supiste...?

—Me habló Frida.

—¿La novia de Samuel? ¡Qué grave error! No debió decírtelo la tonta. Sheccid sufrió tanto por ocultártelo.

—Pero no entiendo, Ariadne. ¿Por qué si a ti también te había ocultado todo, se arrepintió a última hora y te habló?

—No sé. Quizá presintió.

—¿Presintió?

—Que tú podías llegar a saberlo. Me dio una carta... para ti.

—¿Cómo?

—Me pidió que te la diera sólo si no salía de la operación y tú te enterabas.

—¿La traes contigo?

La sacó de su bolsa. Él casi se la arrebató. Una angustia insoportable le comprimió el alma al tocar el sobre... Casi no podía creerlo. Nunca imaginó que se encontraría con algo así. Comenzó a abrirla con cuidado, como si se tratara de una ilusión de cristal que pudiera romperse a la primera caricia de sus manos. Extendió la hoja. Caminó al lugar más apartado que le fue posible y tomó asiento. Ariadne lo dejó solo. La carta comenzaba con versos de Juan de Dios Peza.

Viernes, 22 de noviembre

Dicen que las mujeres sólo lloran
cuando quieren fingir hondos pesares;
los que tan falsa máxima atesoran,
muy torpes deben ser, o muy vulgares.

Si llegara mi llanto hasta la hoja
donde temblando está la mano mía,
para poder decirte mis congojas,
con lágrimas la carta escribiría.

Mas si el llanto es tan claro que no pinta
y hay que usar otra tinta más obscura,
la negra escogeré porque es la tinta
donde más se refleja mi amargura.

Aunque yo soy para soñar esquiva,
sé que para soñar nací despierta.
Me he sentido morir y aún estoy viva;
tengo ansias de vivir y ya estoy muerta.

Son las 4:30 P. M. La tarde fresca se mece afuera, ignorando por completo que existe alguien que la admira...

Cariño:

Desde que te amo y, a la vez, desde que sé que puedo dejar este mundo, he recibido con ansia cada mañana, con más deseo que nunca los ocasos, he respirado y vivido con más gozo que nadie los crepúsculos. Estos últimos días, cuando anochecía, salía al jardín y disfrutaba la paz de una vida que tal vez pronto conocería la otra paz... sentía el césped blando bajo mis pies descalzos y gozaba de esa última sensación de libertad.

Y me gustaba estar sola para pensar en ti y recordar cómo muy poco a poco llegué a quererte: Al principio me parecías un chico tonto y desubicado. No podía creer que fueras el maniático sexual de un auto rojo y me reía de ti. Conquistaste mi corazón, despa-

cio, con cada detalle; tu estilo me atrajo, tu personalidad, Amigo, me gustabas aunque me negara a aceptarlo.

Te cuento esto porque en el pasado nunca tuve la oportunidad de contarte nada y en el futuro tal vez tampoco la tenga.

Mi mamá pensó que yo era muy madura y que tenía derecho a saber lo de mi padecimiento. Necesitaba una operación muy peligrosa, con enormes riesgos de perder la vida o la razón. Fue así de sincera conmigo. Aprecio la confianza que me tuvo pero, ¿sabes cuándo me lo dijo? Yo hubiese reaccionado con más serenidad si me da la noticia unos días antes ¡pero tuvo que ser justo cuando regresé de ir comprar aquel libro contigo!, el día en que estaba más enamorada de ti y sentía el amor refulgente que despertaba en mí un sin fin de esperanzas y de alegrías. Lloré mucho esa noche y no porque fuera inmadura, sino porque me enfrentaba a la posible pérdida de toda una vida llena de anhelos e ilusiones, una vida que disfrutaba y amaba, sobre todo ahora que te había conocido.

Lloré tanto aquella noche, que me desmayé y tuve otro acceso respiratorio, como el de hoy. Mi padre, al enterarse de que mamá me había dicho la verdad, enloqueció de furia. Riñeron. Se insultaron los dos, se gritaron por mi causa. Me asusté tanto que tuve miedo de que se separaran. No le mentí a nadie, José Carlos; lo de los problemas entre mis papás era cierto.

Comenzaron a hacerme estudios neurológicos muy complicados. Con frecuencia me dolía la cabeza y me desmayaba. Por eso falté tanto a clases. Me aislé de mis amigas y te rechacé a ti; me hundí en el silencio de mis pensamientos tratando de hallar la forma de demostrarte mi inmenso amor, sin que te ocasionara sufrimientos después... Te necesitaba, por eso cuando me hablabas de tu cariño, procuraba no mirarte a la cara, tenía miedo de delatar con los ojos lo que sentía con tanta intensidad.

Los desacuerdos no terminaron en casa y cada vez se hacía más tirante la relación entre mis padres. Estoy segura que mucho in-

fluyó también el dolor, el desequilibrio emocional surgido de saber que tal vez perderían a su hija. Todo siguió así hasta que un día llegué con una caja de chocolates y un poema. "Quiero ser en tu vida"; aparenté frente a ti que no era importante lo que me dabas, me comporté grosera incluso, estaba muy confundida, no sabía cómo tratarte, pero en cuanto te fuiste regresé por mi regalo y mi poema. Esa misma noche, mamá tejía y papá leía el periódico; yo me eché a sus pies y rompí a llorar abrazando la caja que tú me habías obsequiado, entonces mis padres comprendieron el porqué de mi tristeza. Les hablé de ti. Del enorme amor que me inspirabas. Ellos se reconciliaron y comenzaron a ser muy cariñosos conmigo otra vez. Tanto influiste en el pensamiento de mis padres, que han decidido gastar todos sus ahorros en un viaje para mí. Si la operación sale bien, realizaremos el viaje en cuanto me den de alta; después me quedaré en una ciudad en la que hay un hospital especializado en problemas como el mío. Si la operación sale mal, perderé la vida o quedaré afectada de mis facultades mentales.

Como ves, las tres opciones te excluyen de mi futuro.

Cuando mi cuerpo se haya borrado de la historia, quedarás tú, con tu cuerpo y tu vida. Quiero que hagas de tu vida algo muy grande, que realices tanto tus propios proyectos como los míos. No sabes cómo me duele no poder ser tu amiga más importante, tu compañera de vida, tu ayuda idónea..., pero te deseo lo mejor en tu caminar hacia la cumbre.

No quiero llorar, pero tal parece que otra vez empieza a derrotarme la tristeza. Te fui siempre fiel, créeme, te amé sólo a ti; nunca hubiese sido capaz de cruzar una palabra siquiera con alguien como Adolfo en otras condiciones, pero debía hallar la forma de que me olvidaras y vivieras tu vida.

¡Cómo me gustaría tenerte cerca de mí durante la operación!

Dentro de unos minutos me internarán y, de verdad, querría escuchar tu voz, sentirme acariciada por tu mano y despedirme con otro beso tuyo... Soy tan débil... que he comenzado a llorar de nuevo, pero no por tristeza. De veras. Lloro por el gozo de haberte encontrado antes de partir, por la alegría que me has dado con tu amor, con tus palabras, con tu abrazo, con tu beso... Por la alegría de un gran cariño hacia ti.

Espero que este papel nunca llegue a tus manos, pero si llegara, sería sólo para agradecerte que me enseñaste a amar, a apreciar el sol de cada mañana, a respirar y a vivir con ansia cada alborada, a sentir el césped bajo mis pies descalzos y a gozar de esas últimas sensaciones de libertad.

Tu novia por siempre:
Sheccid.

34
Estás diciendo
incoherencias otra vez

Aparto la pluma del papel y miro el montón de hojas que he escrito.

Afuera está lloviendo. Giro el sillón para contemplar el jardín. Me conmueve descubrir una pareja de golondrinas cobijándose del agua entre el ramal de la buganvilia. Hay nubarrones negros que se hablan entre sí con centelleantes palabras, pero no es eso lo que ven mis ojos; es lo que ya no verán más. Las ilusiones y quimeras de una juventud inocente que ha comenzado a quedarse atrás.

He pasado tantas horas sin dormir que estoy exhausto. Percibo sobre mí las rocas enormes del derrumbe, del desplome de la montaña que felizmente creí escalar. Tomo un libro de poemas y copio un soneto de Francisco Luis Bernárdez.

La lágrima.

No sé quien la lloró, pero la siento

(por su calor secreto y su amargura)

como brotada de mi desventura,

como nacida de mi desaliento.

Quizá desde un lejano sufrimiento,

desde los ojos de una estrella pura

se abrió camino por la noche oscura

para llegar hasta mi sentimiento.

Pero la siento mía, porque alumbra

mi corazón sin esa luz, sin tasa

que sólo puede dar el propio fuego.

Rayo del mismo sol que me deslumbra,

chispa del mismo incendio que me abrasa,

gota del mismo mar en que me anego.

Dejo caer la pluma que rueda hasta perderse debajo del aparato de sonido.

Tomo el legajo recientemente escrito y lo reviso.

Salgo de mi habitación y saludo a mi madre. Al verme, da un respingo, asustada. Interrumpe sus labores y se acerca a mí con la boca abierta y el gesto expectante.

—¿José Carlos, estás bien? ¿Puedes oírme?

—Sí —contesto—. Me siento muy bien.

Se pone histérica. Me abraza llorando.

—¡Gracias! ¡Gracias Dios mío!

—¿Qué te pasa, mamá?

Se aparta incrédula para contemplarme de pies a cabeza.

—¿Puedes recordar? ¿De verdad te sientes mejor?

—¿Por qué me preguntas eso?

—A ver —me conduce al sillón de la sala muy despacio como si estuviese volviendo a enseñarme a caminar—. Siéntate. Háblame. Dime de qué te acuerdas. ¿Qué ha pasado los últimos días en esta casa?

—Doctores.

—¿Que más?

—Sheccid...

—No, no. Veamos. ¿Recuerdas qué pasó el último día que fuiste a la escuela?

—Sí... Me despedí de ella.

—Hijo, ¿estás bien? Haz un esfuerzo. No fue eso lo que ocurrió...

Siento una terrible jaqueca. Bajo la cara para concentrarme. Paulatinamente se descorre el velo. Agarro con fuerza el brazo de mi madre. Estoy temblando. Sudando. Poco a poco las cosas se van aclarando en mi memoria.

—La pelea colectiva. La fiesta en casa de...

—¡Exacto! Llegaste muy feliz a medio día. Platicaste sobre cómo saliste ileso de un pleito de pandillas, sobre cómo recibiste el apoyo de todos tus compañeros. Entonces te llamó por teléfono Ariadne. Te invitó a una fiesta en casa de Sheccid esa tarde. Me pediste el carro para ir a la reunión. Cuando regresaste esa noche, ya no eras el mismo, estabas enfermo. Dijiste algunas incoherencias. Luego te negaste a hablar. Tu padre y yo llegamos a la conclusión de que te habían dado un golpe o algún tipo de droga... Pero los estudios no revelaron nada.

—¿Sí? —hago un esfuerzo por recordar.

Es cierto.

Después de la fiesta, me sentí empujado por una energía enorme. Una explosión interna; una metamorfosis incontenible: La fuerza de Sheccid que me impulsaba a crecer, a ser hombre. Ahora lo recuerdo. Aquella noche tomé mi libreta personal. La acaricié y sentí el llamado de escribir. Desmenuzar alternativas para ese drama de la vida real. No hay peor sufrimiento que verse decepcionado por la persona que uno ama.

Eso puede volvernos locos, o escritores.

—¿Todos los jóvenes recibirán la energía para crecer a raíz de la experiencia dolorosa de un primer amor? —le pregunté a mi madre—. ¿Todos serán infundidos por la fuerza transformadora enorme, poderosa, de Sheccid?

—¿De qué hablas?

—Dice Luis Alberto Machado: *El redactor comprende las leyes de la gramática. El escritor las de la vida. El redactor es siempre un ejecutor. El escritor es un soñador. El escritor no está en la pluma sino en la cabeza. Lo importante es concebir la historia. No escribirla... Con la pluma cualquiera escribe. Con la cabeza sólo los genios...*

—Hijo, *estás diciendo incoherencias otra vez.*

—No, mamá. Sé perfectamente lo que digo. Después de aquella fiesta descubrí lo que quiero ser en la vida...

Se incorpora para entrar a mi cuarto. Va directo al escritorio tratando de averiguar a qué me refiero. Hay hojas por todos lados. Abre los cajones. Están llenos de papeles. Toma el legajo más voluminoso y se sienta a leer con el ceño fruncido.

—Estoy escribiendo un libro —le digo—. Mi primer libro.

Mientras ella lee, reconstruyo con gran pesar en mi memoria las escenas de aquella fiesta en la casa de Sheccid.

35
Sí y no, porque vive aquí

Manejé muy despacio, envuelto en un presentimiento aterrador.

Llegué al domicilio. Me sentía como un despreciable espía. Empezaba a oscurecer y la reunión había comenzado varias horas antes. Bajé del auto y caminé vigilando a mi alrededor, obsesionado por el pleito colectivo en el que estuve envuelto y preguntándome si algún día iba a poder volver a caminar por la calle sin el temor de ser emboscado por una pandilla.

Llegué a la casa indicada y dudé antes de entrar. Tenía la sospecha que nada sería igual después.

Toqué la puerta.

Samuel me abrió. Estaba ebrio.

—¿Quién eres?

—Un amigo de tu hermana. Me dijeron que era tu cumpleaños. Vengo a felicitarte.

—¡Pasa! Todos los amigos de mi hermana son bienvenidos —le di un leve abrazo de parabién y estuvo a punto de caerse arrastrándome consigo—. Ven —continuó hipando—. La fiesta es en el patio de atrás.

Caminamos por un oscuro pasillo. Percibí olores desagradables como si alguien estuviese hirviendo comida podrida. Al fondo se escuchaba música estridente. Gente platicando a gritos y ruidosas carcajadas.

—En ese cuarto está mi mamá. Casi nunca sale. Tiene un problema —se tocó la sien con el dedo índice—, tú sabes.

La puerta estaba entreabierta, al pasar vi a una mujer de pelo canoso oscilándose en una mecedora. Me miró, pero su vista pareció traspasarme. La señora estaba y no estaba ahí.

Es un poco esquizofrénica, me habían dicho.

Seguimos hasta llegar al patio trasero.

—¿Quieres un brandy?

—No, gracias.

—¡Ah! Mira —nos acercamos a la barra de bebidas—. Te presento a mi papá y a su novia.

La singular pareja no hizo caso a la presentación. El hombre era un tipo alto, blanco de barba cerrada y profundos ojos azules. La mujer era morena y joven. Estaban ebrios también y charlaban abrazados en gran jolgorio.

—¡Échate un brandy! —insistió Samuel.

—Prefiero esto.

Me serví refresco de la barra.

Un grupo de borrachos entonaba canciones rancheras. Samuel se apartó de mí para unírseles.

Me moví hacia el rincón opuesto y tomé asiento junto a una enorme planta interior. Distinguí a la hermana de Samuel pero *ella* no me vio. A distancia la estudié. Vestía una minifalda blanca y una blusa parcialmente desabotonada. Estaba feliz. Rodeada de hombres. Hablaba casi a gritos. En la mano izquierda detenía un vaso de licor y en la derecha un cigarrillo. Me tallé los ojos. ¿Era mi princesa? ¿Fumando y tomando? Busqué con la vista a Adolfo o a algún compañero de la escuela. No. Eran desconocidos. Mayores de edad. *Ella* se acurrucó junto a uno de los hombres, quien la recibió contento y comenzó a acariciarle las piernas.

Los pretendientes van y vienen —me dijo cuando le presté mi diario—. *Son todos iguales.*

Se veía muy hermosa, como siempre, pero esta vez, el maquillaje que nunca antes le había visto usar, le daba un aspecto demasiado llamativo. Me sentí aturdido. ¿Qué era todo eso? De soslayo vi que el padre de Samuel se ponía de pie abrazando a su joven "novia" morena y se dirigía con ella al pasillo de las habitaciones.

Los rancheros dejaron de cantar y se escuchó música rock. Subieron el volumen.

—¡Que baile Justiniana! —gritó una voz.

—Sí —corearon otros—, ¡que baile!

Para mi sorpresa la vi a *ella* ponerse de pie y dirigirse al centro del escenario. Comenzó a contornearse sobándose muslos, cadera y pechos en una parodia absurda de baile sensual. Los borrachos aplaudían y la animaban a seguir.

Yo no podía concretar una idea clara ante lo que estaba viendo.

José Carlos, hay cosas de ella que no sabes... Por eso debes ir a la reunión de esta tarde. Dime, ¿tú amas a mi abuelita? ¿No?, pues claro. ¡Nadie puede amar a quien no conoce! ¡Acércate a ella y conócela realmente, entra a su casa, platica con su hermano y con sus padres.

La chica terminó el baile con un paso espectacular tirándose al piso.

—¡Bravo, Justiniana! —le aplaudió la concurrencia.

¿Justiniana? Yo no amaba a ninguna *Justiniana.* Yo amaba a *Sheccid.* A la princesa del cuento de mi abuelo que había inspirado a un prisionero a salir del calabozo, y que había despertado en mí los más altos ideales.

Tal vez había un error y la chiflada que estaba al frente no era Sheccid...

Volví a mirarla con atención. Excesivo escote, minifalda translúcida, movimientos vulgares de mujer alcoholizada, quizá drogada, con poca decencia mostrando su cuerpo a los invitados.

¡Exacto!, me dije, ella no es Sheccid... No puede serlo.

Cerré los ojos, aturdido. *Una tal Justiniana usurpó su identidad y expulsó a mi princesa.*

Me sentí mareado, con deseos de vomitar.

Parte de mí estaba muriendo y parte despertando. Me hallaba al borde de un abismo. Imaginar y plasmar en papel un final alternativo que justificara tanto amor, era lo único que podría salvarme. Si no daba el salto *ahora,* terminaría en el fondo del barranco oscilando en una mecedora igual que la mamá de Samuel y de... Justiniana.

Mi madre interrumpe mis recuerdos al leer en voz alta el título de las secciones que escribí:

—*No hagas esto más difícil, eres una manipuladora, te extrañaré, hasta fuimos esposos, hubiera preferido no decírtelo, quizá presintió...* ¿Tú redactaste todo esto? ¿Significa que durante estos días estuviste escribiendo, inventando...?

—Sí —le impido concluir—. Tuve que hacerlo. Un amor tan bello no podía terminar con aquella fiesta. En aras de mi salud mental, tenía que darle otro giro. Mamá, todo lo que sabes *ocurrió realmente,* pero la veracidad termina en esa fiesta.

—Entonces, tuviste que matar a tu princesa.

—*Sí y no, porque vive aquí* —llevo una mano a mi pecho.

Aquella noche cuando regresé de la reunión, me di cuenta de que el amor de juventud es eterno, infinito, inmortal... Tan grande que tal vez sólo pueda existir en un plano espiritual.

Me sentí triste por ello. *¡Es injusto, incorrecto, incoherente!,* grité. Después tomé mi diario y, motivado por la energía transformadora de esa primera musa, comencé a redactar.

Sheccid:

He comprendido que formas parte de mí.

Sé que tal vez nunca estarás tangiblemente a mi lado, pero también sé que nunca te irás.

Eres el aire, el cielo, el agua, eres la sed de cariño que siento en mi corazón.

Eres la definición del amor, aunque jamás haya podido definirse ni pueda hacerse nunca: definir es limitar y el amor no tiene límites.

El poder de tu esencia me ha transformado en una persona distinta.

Cuando vea una golondrina cobijándose de la lluvia entre el ramal de la buganvilia te veré a ti.

Cuando presencie una puesta de sol te recordaré...

Cuando mire las gotas de rocío deslizándose en mi ventana te estaré mirando a ti.

No podrás irte nunca. No te dejaré.

Eres mi novia eternamente.

Todo lo que brote de mi pluma habrá tenido tu origen.

Porque después de todo he comprendido
que no se goza bien de lo gozado
sino después de haberlo padecido.

Porque después de todo he comprobado
que lo que tiene el árbol de florido
vive de lo que tiene sepultado.

Conoce la segunda parte de La fuerza de Sheccid

«Con un estilo adictivo ya conocido por sus lectores, Carlos Cuauhtémoc Sánchez ha escrito una novela magistral que plasma los temores y frustraciones del amor. Con afinadísima técnica literaria, cuenta una historia absorbente, íntima y poética que se precipita hasta un final inesperado. Sheccid, el personaje más fascinante y complejo del autor, reaparece para enfrentar al protagonista con el significado de su vida, retomando así una de las historias más conmovedoras y exitosas de los últimos tiempos».

José Francisco Hernández. Autor y crítico literario.

«Puse en este libro demasiado de mí. Todas mis emociones y recuerdos confluyeron en sus páginas. Nunca antes había escrito una novela tan personal; revelo en ella cosas que incluso mi familia sabrá por primera vez».

Carlos Cuauhtémoc Sánchez.

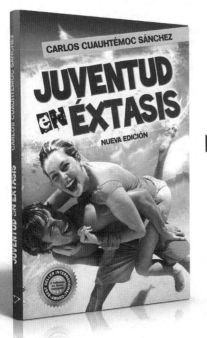

Más de dos millones de copias vendidas avalan la calidad de esta obra. La novela sobre noviazgo y sexualidad más leída en el mundo. El protagonista, un joven que ha aprendido a seducir a las mujeres se enfrenta con las consecuencias de su promiscuidad sexual y precisa tomar decisiones drásticas. Una historia atrayente e inspiradora.

Adquiere nuestros títulos en formato

e-book

Búscalos en Amazon

Este libro se imprimió en Febrero del 2013 en:
EDAMSA Impresiones, S.A. de C.V. - Av. Hidalgo No. 111 Col. Fracc.
San Nicolás Tolentino C.P. 09850 Del. Iztapalapa, México D.F.
ESD 2e-06-7-M-3-02-13